한 번쯤은
나를 위해

한 번쯤은 나를 위해

21세기북스

작은 뺄셈의 기록

40년 가까이 몸담았던 직장에서 퇴사했다. 더벅머리 총각으로 입사한 직장에서 일가를 이루고 그곳에서 영예로운 마침표까지 찍었다. 나름 남이 가지 않은 길을 걸으며 해외 현장에서 크고 작은 전쟁을 치렀다. 새로운 시장을 열었고, 다양한 사람을 만나 인연을 맺으며 큰 세상을 경험했다. 평사원으로 시작해 올라갈 수 있는 봉우리는 모두 올랐다. 성공의 의미를 '과연' 그런 부분에서 찾는다면 감히 성공한 인생이었다고 말할 수도 있을 법하다.

평생을 바쳤던 직장을 떠나니 제2의 인생이 열렸다.

남들은 "시원섭섭하시겠네요"라고 말했지만 그리 시원하지도 섭섭하지도 않았다. 그저 지난날은 깨끗이 뒤로하고, 정말 다시 태어났다는 생각으로 살기로 했다. 그즈음 셰익스피어가 남겼다는, '노년을 즐기는 아홉 가지 교훈'이라는 글귀를 접했다. 무릎을 치며 공감했다. 그중에서도 첫째와 둘째 문구가 가슴에 닿는다.

첫째, 학생으로 계속 남아 있으라. 둘째, 과거를 자랑하지 말라.

새로운 인생을 앞둔 상황에 정확히 들어맞는 처방이다. 그런데 '과거를 자랑하지 말라' 해놓고, 책의 맨 앞장부터 자랑 비슷한 이야기부터 시작하고 말았구나. 모순덩어리 같으니.

퇴직하고서는 딱 세 가지에 집중했다. 사진, 글, 여행.

퇴임식을 마치자마자 사진을 배우기 위해 전문 사진작가에게 달려갔다. 다짜고짜 사진을 가르쳐 달라고 졸랐다. 적지 않은 수업료를 내고 사진을 배웠다. 공짜로 배우는 사진 교실도 많고, 독학하며 찍을 수도 있는데, 왜 굳이 돈을 써가며 배우느냐고 핀잔하는 사람도 있었다. 가장 먼저는, 그동안 수고한 나 자신에게 주는 일종의 감사패 같은 것이라고 생각했다. 평생을 회사와 가족을 위해 살았는데 한번쯤은 나를 위해 베풀 수도 있는 일 아닌가.

한편으로는 '학생으로 남기' 위해 그 정도 수업료는 당연히 지불해야 한다고 생각했다. 어느 정도 경지에 이른 작가들이라면 그들이 소지한 정보는 숱한 시간과 비용을 투자해 쌓은 귀한 경험과 지식일 텐데, 그것을 압축해 전수받는 비용 정도는 오히려 송구한 노릇 아닐까. 게다가 젊은 작가를 '사부'로 모셨으니 늙은이로서는 고맙고 영광스러운 일이다.

글쓰기는 혼자 써보려고 몸부림을 쳤는데 잘 되지 않았다.

평생 써왔던 글은 '보고서'였다. 시장 현황을 파악하고, 요구를 분석하고, 대안을 마련하고, 리스크를 예측하고, 그것을 회피하는 방법을 강구하고… 그야말로 '회사'를 위한 글이었다. 그랬던 사람이 갑작스레 '나를 위한' 글을 쓰려니 제대로 써질 리 있나. 무슨 글을 써도 자꾸 회사 보고서처럼 딱딱한 글이 돼버렸다.

글이 마음대로 잘 풀리지 않아 이번에는 글 쓰는 젊은 작가를 찾아갔다. 그가 내놓은 처방은 간단했다. "글을 쓴다는 것은 유치한 일이니 더욱 유치해지시오"라는 것이다.

'아이구, 여기서 더 유치해지라고요?'

속으로 구시렁거리면서 집으로 돌아왔다.

하여간 제일 어려운 게 글이었다. 사진은 좋은 사진기를 장만하면 부족한 실력을 어느 정도 가릴 수 있고, 여행은 단체관광이라도 끼어들어 누리면 된다지만, 글은 생각의 힘으로 밀고 나가야 하는 가장 정직한 과정의 결과물이었다. 속도로 압축할 수 있는 일이 아니었다.

일단 글쓰기 사부님께 시집, 에세이, 소설을 추천받아 꾸준히 읽고, 잃어버린 감성부터 되찾기 위해 노력했다. "글을 썼으면 자꾸 주위에 보여줘 평가를 받으라"는 사부님 지시에 따라 SNS 계정을 만들었다. 스쳐 지나가는 소소한 감정들, 일상의 순간들을 찬찬히 기록해나갔다. 옛날 회사 직원들과 거래처 사람들도 다 보는 공간일 텐데 이런 글이나 끼적여 올리다니, 처음에는 쑥스럽기 그지없었다. 그래도 숙제처럼 읽고 쓰고, 쓰고 읽었다. 가끔 사부님을 만나 빨간펜 첨삭 지도까지 받았다.

짧았던 글이 점점 길어졌다. 두서없던 글이 어느 정도 체계가 잡히기 시작했다. 초점 없이 우왕좌왕했던 감정 표현들이 조금은 가지런해지고, 그러다 기고만장 늘어지기 시작하는 글이 다시 짧아지며 긴장을 되찾았다. 자꾸 유치해지니 나만의 색깔이 나타나기 시작하고 '독자'마저 생겼다. "선생님 글만 올라오기를 기다립니다"라는 칭찬의 말을 들었던 날에는, 물론 예의상 건넨 칭찬인 줄은 알지만, 기분이 좋아 둥실 날아갈 것 같았다. 이래서 글을 쓰는구나 싶었다.

글을 쓰는 일과 사진을 찍는 일에는 공통점이 있다는 사실도 깨닫게 되었다. 잘 쓰려(찍으려) 애면글면 애쓰지 말고, 보고 느낀 대로 솔직하게 쓸(찍을) 것. 그리고 꾸준히 쓸(찍을) 것. 그러다 보니 나만의 '스타일'이란 것이 드러나더라.

스타일이 뭐 별건가. 프랑스 시인 르네 도우말(Rene

Daumal; 1908~1944)이 그랬다. "스타일이란 내가 누구이며 무엇을 해왔는지에 대한 족적이다."

그러니까 글 쓰고 사진 찍는 일은 내가 누구이며 무엇을 해왔는지 지나온 길을 되돌아보는 성찰의 과정이기도 했다. 이렇게 또 하나의 '나'로 태어나는구나.

스타일이라는 걸 되짚다 보니 평생을 너무 진중하게만 살아온 것 같다. 이젠 조금은 나를 위해 살기로 했다. 사진도 찍고, 글도 쓰고, 여행도 다니고, 친구도 실컷 만나고……. 이 책은 그런 '결심'에 대한 작은 기록이다.

골프를 배울 때, 주위 고수들에게 가장 많이 들었던 훈수가 "힘을 빼라"는 말이었다. 그립을 꽉 쥐고 힘껏 휘둘러도 공이 나가지 않는데 힘을 빼라니, 도대체 무슨 말인가. 사진을 배울 때도 그랬다. "사진은 뺄셈"이라는 것이다. 사진기 앵글에 잡히는 피사체를 일부러 빼낼 수도 없고, 이미 찍힌 것을 지워버릴 수도 없는데, 도대체 뭘 빼라는 건지 알 수 없었다.

그래도 고수의 말씀에는 깊은 속뜻이 있을 것이라 생각해, '사진은 뺄셈'이란 명제를 일단 나름대로 해석하고 실행해 보았다. 출사를 나갔다 돌아오면, 사진 가운데 불필요한 파일은 미련 없이 지워버렸다. 대충 절반 이상이 휴지통으로 들어갔다. 그리고 남은 사진들을 살펴보았더니 뚜렷한 공통분모가 있었다. 그날 내 마음의 상태, 의도하지는 않았지만 그날 집중적으로 담고자 했던 것들이 범죄의 증거처럼 남아 있는 것 아닌가.

하나하나 걸러내다 보니 나도 모르는 자신의 모습을 발견했다. 그것이 사진이었다. 내가 사진을 찍은 것이 아니라, 사진이 나를 찍고 있었던 것이다.

글도 뺄셈인 것 같다. 지난 10년간 쓴 글을 모아보니 자그마치 600 꼭지에 이른다. 처음엔 쑥스럽더니, 뭘 그렇게 써댔던 것인지……. 고르고 골라, 글에도 뺄셈을 해보니, 역시 보이는 '족적'이 있었다. 이 책은 그런 뺄셈의 기록이기도 하다.

수많은 사람에 둘러싸여 40년 넘는 직장생활을 하고 나와 보니 인생 또한 뺄셈이다. 갈 사람은 가고, 거품을 걷어내고, 알맹이만 남는 것이 노년의 여생이다. 빼고 남은 알맹이의 단단한 사랑으로 오늘을 살아간다.

한낱 노인의 잠꼬대 같은 이야기에 얼마나 많은 분들이 귀 기울여줄는지 모르겠다. 그럼에도 하나하나 정리해나간다는 생각으로 선뜻 세상에 이 부족한 글귀들을 내놓는다. 빼야만 하는 인생에 또 하나를 더하다니, 이 또한 모순이다.

1부

어느 솔찬한 하루

EP. 1

꽃보다 엄마

꽃은 꿀벌이나 나비만 불러 모으는 것이 아닌 모양이다. 이렇게 많은 사람들이 꽃을 보기 위해 몰려들 줄은 몰랐다. 또 이렇게 많은 사람들이 꽃으로 먹고사는 줄도 몰랐다. 꽃 아티스트, 종묘회사, 꽃으로 만든 향수, 꽃으로 만든 식품, 꽃 모양이 그려진 의류, 꽃 가꾸는 정원사, 화분 장수, 꽃꽂이, 꽃 선물 가게……. 손가락으로 하나둘 세다 포기했다.

경기도 고양시에서 꽃 박람회가 열린다기에 다녀왔다. 집에서 박람회장까지 가려면 지하철역으로 40여 개. 1시간 넘는 거리를 지하철로 이동하는 일은 역시 피곤한 숙제다. 역 이름 하나하나를 꽃이라 생각하며 지나가니 지루함이 지긋이 달래졌다. 그리하여 행사장 입구에 도착하니 입구부터 꽃이 끝도 없이 줄지어 서 있다.

꽃 하나하나가 여태 지나온 지하철역인 것 같아 다시 정신이 아뜩해졌다. 꽃 한번 보겠다고 몰려든 수많은 꿀벌과 나비 가운데 나도 그렇게 일부가 되었다.

"1억 송이 꽃이 박람회에 동원되었다." 주최 측에서는 홍보한다. 짐짓 심술부려 마음속으로 딴죽을 건다. 한 송이도 충분히 아름다운데, 1억 송이 꽃이라고 1억 배 아름다울까. 수많은 꽃을 동원하였다는 자랑은 혹시 꽃들에게 망신 주는 일은 아닐까. 꽃이 말이 없어 망정이지 자존심이 많이 상했을 것이다.

꽃 아티스트들의 작품이 여럿 전시되어, 시간 들여 찬찬히 감상했다. 지진으로 고통 받는 에콰도르 주민들을 돕는다기에 민속 공예품을 몇 점 사들고 다시 40여 개 지하철 꽃길을 거쳐 집으로 돌아왔다. 키도 종류도 색깔도 제각각이지만 자연스럽게 어울려 피어나는, 사람 손 타지 않은, 들풀 야생화가 꽃향기처럼 그리워졌다.

꽃은 다 아름답다. 꽃을 싫어하는 사람이 얼마나 될까? 사람들은 대개 꽃을 좋아하고 사랑한다. 그래서 꽃을 사진으로 찍는 일은 본전도 건지기 어려운 작업이다. 그러잖아도 아름다운 걸 더 아름답게 만들 수 있을까? "아름다운 걸 아름답게 건져내는 일은 쉽지 않아?"라고 말하는 사람도 많다. 꽃 사진 찍는 일이 꺼려지는 이유다.

몇 해 전 야생화 사진을 찍으러 동호인들과 함께 백두산에 오른 적이 있다.

산과 들에 꼭꼭 숨어있는 작은 녀석들을 찾아내는 재미, 희귀하다는 특성, 소박하면서도 고혹한 자태, 강인한 생명력. 이런 매력 때문에 야생화 사진 촬영에 한 번 빠지면 쉽게 헤어나지 못한다고 한다. 한 10여 년은 백두대간을 휘젓고 돌아

다녀야 야생화에 대해 조금 알게 된다고 하는데, 그래서 내가
접근할 수 있는 영역은 아니라고 생각해 이내 마음을 접었다.

게다가 결정적인 문제가 하나 더 있었으니, 야생화를 찍으
려면 그 눈높이에 맞추어 엎드리거나 허리를 잔뜩 구부려야
한다. 그렇게 사진을 찍고 일어서면 현기증이 핑 돌고 허리도
꽤 아프다. 육체적으로 고된 일이다. 육체적으로 힘들어도 정
신적인 즐거움으로 보상받으면 된다지만, 더 이상 그런 보상
을 기대할 나이가 아니다. 잘못하다가 영혼의 쾌락을 추구할
다른 기회까지 잃는다. 이래저래 '꽃 사진과는 거리가 멀구나'
하고 단념했다.

가을비가 서늘하게 지나간 어느 아침.

이런 날이 되면 빗물 머금은 꽃잎 향기가 자연 반사와 같이
떠오른다. 어떻게 찍어도 잘 나올 것만 같아 포기했던 꽃 사
진을 담으러 가까운 올림픽공원으로 나갔다. 곧장 어여쁜 꽃
송이들이 아침햇살에 이슬을 한가득 머금고 있는 환상적인
장면들을 만날 수 있었다.

"좋구나, 우리 어머니 치마폭에 담고 싶구나."

무심코 혼잣말이 튀어나왔다. 우리 어머니는 넉넉지 못한
시절에 딸 여섯, 아들 하나를 키워내셨다. 그래서였을까? 어
머니의 외출복은 늘 흰 저고리에 회색 계열의 어둑한 치마뿐

이었다.

그런데 하루는 예쁜 꽃문양이 수놓아진 치마를 입고 외아들인 나를 앞장세우시는 것 아닌가. 무슨 일인가 싶어, 꽃처럼 예쁜 엄마 얼굴에 괜히 신나 껑충껑충 뛰었는데, 그날 우리는 외할머니댁으로 갔다. 오랜만에 친정 나들이를 한다는 생각에 며칠 전부터 어머니 마음이 얼마나 설레고 화사했을까. 그래서 아껴두었던 꽃 치마까지 꺼내 입고, 고무신 신은 발걸음은 산들산들 봄바람 같았다. 엄마가 꽃 치마 입는 날이면 외갓집에 간다는 생각에, 그날 마음속으로 다짐했다. 나중에 크면 울 엄니한테 꽃 치마 많이 사드려야지.

어머니는 말수가 적은 분이셨다. 기쁜 일이 있어도 그저 말없이 웃으실 뿐이었다. 예쁜 꽃을 보아도 꽃이 예쁘다고 입으로 말씀하시지 않고 눈망울 반짝이면서 흐뭇하게 웃고만 계셨다.

화사한 치마폭이 아니라 헐렁한 고무줄 몸뻬라도 좋으니 우리 어머니 입으실 옷자락에 꽃 그림 하나 그려드릴 수 있었으면……. 지금은 그런 생각뿐이다.

나이가 쌓여가도 자꾸 엄마 생각이 난다.

경기도 양평군 산수유 마을은 작년 이맘때도 다녀왔다. 산수유는 봄에 피는 노오란 꽃보다 초겨울 빨간 열매가 더 예쁘다. 갑자기 보슬보슬 비가 내려 동네 어귀 처마 밑에 앉아있었더니 노인 한 명이 슬며시 다가와 혼잣말을 하듯 말을 걸어왔다.

내가 이 동네에서 태어나 지금껏 이 동네에만 살았는데 올해 산수유 열매는 날씨 때문인지 작년만 못하다. 값싼 중국산 수입 산수유 때문에 죽겠다……. 그러다 느닷없이 장성한 아들딸 자랑을 하더니, 갑작스레 "나는 평생 거짓말 없이 살아왔다"는 그런 말……. 노인의 말은 끝날 듯 말 듯 끝도 없이 이어졌다. 하고픈 인생 이야기는 쌓이고 쌓였는데 들어줄 사람은 없었던 모양이다. 나도 노인인데 말이다. 마침 빗줄기도 그치지 않았다.

꽃 박람회 보고 덜컹덜컹 3호선 타고 집에 돌아가는 길. 야생화, 들풀, 어머니, 꽃 치마, 그리고 산수유 마을 노인네의 혼잣말 같은 인생사가 문득 그리워졌다. 지하철 맞은편에 꾸벅꾸벅 졸고 있는 승객, 그 옆에 어깨를 기댄 젊은 처자를 보니 야생화 같은 사람들의 향기가 지하철 안에 가득 머무는 것 같았다. 봄비 오려나.

매화 문답

"내 나이 600살이요."

간단한 신상명세서를 달고 있는 순천 선암사 매화나무 앞에 서 있다. 태어나신 해를 헤아려 보니 얼추 조선 태종 무렵이다. 그렇게 긴 세월을 여기에 서서 인간들이 나고 죽고 다시 태어나는 모습을 지켜보셨다. 난데없는 '기자 정신'이 끓어올라 용기 있게 마이크를 들이대고 매화 옹을 취재해보기로 했다.

김동진 기자(이하 '동진') : 올해도 좋은 매화꽃을 피우셨습니다. 향기도 그윽하고요.

선암사 매화나무(이하 '매화') : 꽃만 보지 마시게. 가지, 줄기, 뿌리도 함께 보고, 지팡이 역할 하는 지지대도 좀 봐주고.

동진 : 이렇게 장수하시니 참 보기 좋습니다. 기분 좋으시지요?

매화 : 좋긴 뭐가 좋아. 주어진 생명이니 완성하는 거지.

동진 : 온갖 번뇌를 잊고 해탈하셔서 장수하시는 것 같습니다.

매화 : 아니야. 중생들 탐욕으로부터 스님들께서 나를 지켜주시기 때문이야. 가만히 두면 될 텐데 싸우고 자르고 베고……. 인간들 욕심은 끝이 없어. 그런데 자네 올해 나이 몇인가?

동진 : 이제 갓 칠십 되었습니다.

매화 : 칠십이라! 참 조—오흘 때요.

동진 : 아닙니다. 기력도 예전 같지 않고 이런저런 걱정거리도 많습니다.

매화 : 너무 편안한 세상만 바라지 마시게. 걱정도 시련도 있어야 하는 법이야. 항상 지금이 제일 좋을 때라고 생각하고 사시게.

동진 : 어르신 말씀 감사합니다. 앞으로 살아가는 데 지침이 될 만한 말씀 하나 더 건네주시지요.

매화 : 거참, 나이 들어서 배우려는 자세가 된 친구고만.

연세가 600세나 되신 선암사 매화께서는 그 뒤로 말씀이 없으셨다. 남은 것은 알아서 생각하라는 뜻이렷다. 어르신 귀찮게 조르지 않고 조용히 물러나 경내를 둘러보았다.

풍경소리가 '딸랑' "항상 지금이 제일 좋을 때라는 생각으로 사시게"라는 말씀으로 울렸다.

매화는 벚꽃이랑 같은 봄꽃이지만 느낌이 사뭇 다르다. 벚꽃이 쉽게 바람에 흩날려 좀 가벼운 느낌이라면 매화는 비교적 묵직하달까. 벚꽃처럼 흐드러지지 않고 드문드문 한 것이 오히려 매력이고, 아담한 것이 눈물겹다.

봄의 절정을 뽐내는 벚꽃과 달리 매화는 봄의 시작을 알린다. 꽃에 좋고 싫음이 어디 있겠냐만 굳이 하나를 선택하라면 나는 매화 쪽으로 더 마음이 기운다. 아차, 이런 말을 벚꽃이 들으면 기분이 나쁘겠구나. 지금 '어르신(그것도 연세가 600백 살이나 되는 어르신이니!)' 매화나무 앞에 서 있어 그런 거라고 벚꽃에게 조용히 양해를 구한다.

지리산 화엄사 각황전 옆에도 매화나무 한 그루가 버티고 서 있다. 나무 아래에 작은 표지판이 있다. "장륙전이 있던 자리에 조선 숙종 때 각황전을 중건하고 이를 기념하기 위해 계파桂波 스님이 심었다고 전해진다. 그래서 장륙화라고 하며, 다른 홍매보다 꽃이 검붉어 흑매黑梅라고도 한다."

이분도 족히 300~400년 세월을 같은 자리에서 고스란히 이겨낸 신선이시다. 늙어서인지, 색다른 존재감 때문인지, 일주문—柱門 바깥 속세에 있는 매화보다 느지막하게 꽃을 피운다. 꽃만 아니라 가지, 나무 전체가 함께 피어나는 느낌이다. 선홍빛 꽃은 부처님 마음을 닮고, 꼿꼿한 나뭇가지는 늙은 스님 모습 그대로다. 그윽한 매화향은 목탁 소리를 타고 사방으로 고르게 흐른다.

화엄사 흑매화가 피면서 나의 봄도 시작된다. 이 꽃을 보기 위해 지난겨울을 이겨냈구나 하는 생각이 든다. 동백꽃 떨어지는 처연한 소리를 들으며 삶을 슬퍼하고, 매화꽃 터지는 조용한 생명의 소리를 들으며 삶을 다시 기뻐한다.

광양에 매화를 구경하러 갈 때마다 '사람은 꽃 구경, 꽃은 사람 구경'이라는 말이 떠오른다. 나는 그저 얼씨구 절씨구 마음속으로 각설이 타령이나 하면서 사람 구경, 꽃 구경 모두 한다. 구부정한 다리로 덩실덩실 각설이 어깨춤을 추곤 한다. 물론 마음속으로.

남녘 매화가 조용히 한창일 때, 섬진강에 사는 친구에게서 전화가 온다. 한번 다녀가라고. 올겨울 어찌 보냈는지 궁금하고, 일 년 사이 얼마나 늙었는지 궁금하다고. 말은 그렇게 하지만 선암 매화, 화엄 매화, 광양 매화, 차례로 보여주고 싶어 안달인 줄 익히 안다. 벌써 4년째. 가벼운 가방에 소형카메라 하나, 책 한 권만 달랑 챙겨 친구 보러 떠난다. 그 소식 듣고 근처에 사는 친구들이 모두 모인다.

우리의 모임은 늘 시장통 '할매집'에서 절정을 이룬다.

남해 바다 봄기운에 혼절해 낚인 생선을 가운데 놓고, 섬진강 바닥에서 건져 올린 재첩, 백운산 기슭에서 캤다는 봄나물이 식탁을 가득 채운다. 막걸리 술잔이 바쁘게 왕래한다.

지난해 선약이 있다고 빠진 친구는 올해도 선약이 있단다. 내년에도 있을 예정이겠지.

이런들 어떠하리, 저런들 어떠하리. 은은한 매화 향기 닮은 친구들끼리 모여 앉아 우리만의 하여가何如歌를 읊던 중, 갑자기 누군가 '선약 있는 친구' 뒷담화를 불쑥 꺼낸다.

"반짝이고 빼질거리는 놈 끼면 고고한 매화향 깨진다 아닌가!"

웃음소리가 매화 꽃잎 따라 강물 위를 시원하게 흐른다.

겨울을 막 이겨낸 섬진강 푸른 물이 봄 햇살에 놀아나고, 흰 눈썹처럼 가지에 송알송알 매달린 작은 매화가 모여 눈 덮인 동산을 이룬다. 금천계곡, 어치계곡, 성불계곡, 동곡계곡 품은 백운산은 좋은 풍수의 기운을 선뜻 내주고, 빼질거리지도 바쁜 척하지도 않는, 이름도 얼굴도 다 촌스런 그런 친구들이 한자리에 다정스럽다.

막걸리 한 사발 들어가니 하늘하늘 흔들리는 시선으로 눈앞이 잠깐 어지럽다. 매화나무 줄기 틈새로 쏟아지는 햇살을 만진다. 내년에도 이 친구들을 다시 볼 수 있을까?

매화는 매년 똑같은 꽃을 피워내는 것 같지만 올 때마다 달라 보인다. 내년 봄에 더 아름다운 꽃을 피우기 위해 어떻게 살아야 하는가 고민하는 나무 같다. 아니, 남의 눈치 보지 않고 "주어진 생명이니 그저 완성한다"는 선암사 매화의 자세가 매년 아름다운 꽃을 만들지 않을까 하는 생각도 해본다.

칭찬해주지 않는다고 삐치지 않고, 무시한다고 화내지 않고, 다른 사람의 무관심에 그냥 살짝 서운하면서, 남의 눈치 보지 않고, 다른 이의 시선에도 특별히 신경 쓰지 않고, 올해는 더욱 그렇게 살리라. 매년 매화를 맞이하며 조용히 나만의 다짐을 한다.

내년에도 각황전 흑매화 앞에 설 수 있을까?

순천만 칠면초

가을이라고 하지만 아직 여름이 남아있다. 순천에 사는 친구에게 전화가 왔다. 순천만 칠면초가 한창이니 한번 내려오라고. 비가 오지만 맞을 만하고, 차라리 공기도 상쾌하니 잘 됐다. 그래 곧 내려가마, 답했다.

"시월이 되믄 사리가 시작한께로 칠면초가 바닷물에 잠겨부러. 그라믄 갯뻘 때가 낌시로 칠면초 색깔이 지금보다 못하당게."

굳이 그렇게 친절히 설명하지 않아도 이미 마음이 굳었으니 내려갈 텐데, 고향말 섞어 지금 꼭 순천에 와야 할 이유를 재차 강조하는 친구의 마음이 정겹다. 느릿느릿 말하는 목소리가 따뜻하다.

출발하기 전 고민이 꿈틀댄다. 기차를 탈까, 고속버스를 탈까. 삼각대는 놓고 갈까, 두고 갈까. 괜히 가져갔다가 짐만 될 텐데. 아니야, 아니야, 삼각대가 있어야 제대로 된 사진을 건질 수 있지. 여름인 듯 가을인데, 가을인 듯 여름인데, 옷은 어떻게 챙겨갈까. 내리는 비가 심상찮은데 꽃구경도 못 하고 괜히 비 구경만 하다 오는 건 아닐까.

뭐든 결심하면 좌우 살피지 않고 밀고 나가는 성격이었는데 나이가 들면서 행동 앞에 생각이 많아진다. 이런 마음을 친구가 미리 알고 "지금보다 못하당게" 하면서 '지금'에 유난히 억양을 두어 권했던 것일까.

 간 봄 머물러 있는지, 올 봄 미리 와 있는지, 순천만은 선홍색 꽃 세상, 느닷없는 봄이었다. 보슬보슬 내리는 비도 봄비처럼 가볍다. 어디서 애끓는 소쩍새 소리만 들려온다면 분위기 딱이겠다. 밤에만 운다는 소쩍새지만 저 색깔을 보고 어찌 참을 수 있을까.

 몇 해 전, 남도 봄나들이를 했다. 화엄사 흑매黑梅가 만개하고 섬진강 벚꽃, 구례 산동마을 산수유는 한창이었는데 광양 매화는 벌써 끝물이었다. 이듬해 같은 장소를 똑같이 갔더니 벚꽃은 아직이었고, 화엄사 흑매는 만개 직전이었고, 광양 매화는 후반전에 접어드는 애매한 시점에 딱 걸려 있었다. 꽃들은 이렇게 힘껏 달려온 주자가 다음 선수에게 바통을 넘겨주는 것처럼 이어서 피는데, 순천만 칠면초는 거기에 앵커 역할쯤 하는 것 같다.

 이어달리기에서 최종 주자를 앵커라고 부른다. 닻anchor을 내리는 역할이라고 할까. 뉴스에서 앵커가 보도를 마무리하는 것과 똑같다. 앞 주자가 아무리 잘 달렸어도 앵커가 결승점을 향해 달리지 않으면 경기는 소용없다. 앞 주자가 자기 역할을 다해주어야 마지막 앵커가 부담 없이 달릴 수 있기도 하다.

누군가에게 바통을 넘겨주어야 하는 부담이 없으니 앵커는 마음껏 전속력으로 달려도 되는 주자다. 아니, 그래야만 하는 주자다. 순천만 칠면초가 저토록 붉은 이유도 그 때문인가.

칠면초, 붉게 빛난다.

그러고 보니 시월의 국화, 코스모스도 있고, 십일월의 개망초, 갈대꽃도 있는데 칠면초가 앵커라니, 꽃들이 단체로 섭섭하겠다. 타오르듯 흔들리는 칠면초를 보니 순간 정신이 어지러웠나 보다. 가을꽃들아, 미안하구나.

오매 소나무를 닮았네

매화정. 고등학교 동창 모임 이름이 이렇다. 얼핏 '매화를 정말 사랑하는 사람들의 모임인가?' 싶겠지만, 뭔가 고고한 느낌이 풍기는 이름이기도 하지만, "매주 화요일에 정해놓고 만난다"는 뜻이다. 실망하셨는가?

이 얼마나 실용적이고 자율적이며 효율적인 이름인가. 매번 언제 모여? 어디서 모여? 누구랑 모여? 따질 필요 없다. 수첩에 적어 놓을 필요도 없고, 아무리 기억력이 퇴색하는 사람일지라도 날짜를 잊을 수 없다. 으레 '화요일이면 모이겠거니' 한다.

몇 명이 모이든 상관없다. 한 명만 나와서 홀로 조용히 앉아 있다 돌아간다 해도(설마 그럴 일은 없겠지만) 그 또한 '모임'이다. 화요일에 모인다는 마음만은 모였을 테니까.

바쁘면 안 와도 된다. 안 온다고 구박하는 사람도 없고, 오라고 바짓가랑이 잡고 늘어지는 사람 또한 없다. 너무 자주 온다고 흉보는 사람도 없고, 오면 오는 대로 가면 가는 대로, 한동안 안 보이면 죽었나 보다 여긴다. 늙은이들 모임에 딱 맞는 이름이다. 매화정! 누가 지었는지 작명 감각 한번 탁월하다. 매주 화요일이면 그 모임이 생각난다. 아, 오늘 매화정 모임 있는 날이지!

오늘은 매화정 정기산행이 있는 날. 시간이 날 때는 매주 참석하곤 했던 그 산행이 벌써 800회 산행을 목전에 두고 있다나. 하긴, 매주 화요일에 모이니, 가만히 놔두기만 해도 세월이 횟수를 쌓는다. 시간과 세월은 늙은이들이 갖고 있는 유일한 경쟁력이다.

고정 멤버 몇 명을 제외하고 매번 참석자들의 얼굴은 바뀐다. 그래도 산행 있을 때마다 기본 15명 정도는 채우고, 오늘은 18명이 산을 올랐다. 고등학교 졸업한 지 반세기가 넘었는데 여전히 이렇게 탄탄하게 모임을 유지하는 비결은 뭘까? 이유는 거창하지 않은 것 같다. 군이 얽매지 않고, 물결 따라 나뭇잎 흘러가듯, 가만히 놓아두면 자연스레 흘러가는 것도 늙은이들이 지닌 장점이다. 특별히 목적을 추구하지 않으니, 특별히 흩어질 이유 또한 없는 것 아니겠나.

아직 다리 힘은 짱짱하고, 다리 힘 못지않게 입심도 짱짱하다. 가파른 산에 오르는 동안에도 빛바랜 학창시절 이야기, 주변 근황, 세상잡사, 서로의 관심사, 주절주절 쉼 없이 주거니 받거니 하면서 산등성을 톺는다.

오늘도 청계산행. 중턱쯤에 언제나 들르는 소나무 군락지가 있다. 소나무의 매력은 역시 강인하고 질긴 생명력. 그러면서 굵은 소나무의 허리가 휜 것이 흥미로운 관찰 포인트다.

깊이가 얕아 충분히 뿌리를 내릴 수 없는 척박한 대지를 만나면 소나무는 몸을 비틀고 휘면서 성장한다. 그것이 나름대로 자연에 맞서는 방법이기도 하고, 순응하는 처세이기도 하다.

엊그제 비가 내려 소나무 줄기가 잔뜩 수분을 머금은 오늘 같은 날씨는 소나무를 촬영하기에 딱 좋은 날이다. 가방에서 사진기를 꺼내, 홀로 조용히 일행을 빠져나와 셔터를 누른다. 소나무 휜 가지에 초점을 맞춘다.

저만치 친구들이 간식을 먹으면서 떠들썩한 소리가 들린다. 한 컷은 소나무로 향했다가, 한 컷은 줌을 당겨 멀리 있는 친구들을 향했다가, 번갈아 셔터를 누른다. 이쪽저쪽 왔다 갔다 하다 보니 어느 쪽이 소나무이고 어느 쪽이 친구들인지 차츰 헷갈리기 시작한다. 오매 소나무를 닮았네.

옛골 '오치댁'은 산행 후 점심 겸 뒤풀이하는 단골 식당 이름이다. 염불보다 잿밥이라고, 실은 이 자리를 위해 산행에 참여한 녀석들도 꽤 있는 것 같다.

식당 상호는 분명 따로 있는데 우리끼리만 부르는 이름이 '오치댁'이다. 우리는 모두 광주에서 같은 고등학교를 다녔다. 광주광역시에 광산구가 있는데, 그곳이 예전에는 광산군이었다. 광산에 오치면이 있었다. 지금은 네온이 휘황찬란한 번화가로 바뀌어 옛 모습을 찾을 수도 없지만, 옛날 오치면은 논밭 한가운데로 난 비포장도로를 타고 한참 달려야 닿을 수 있는 외진 시골 동네였다. 누가 그 이름을 먼저 떠올렸는지 모르겠지만 청계산 끝자락 식당을 맥락없이 '오치'라 부르기 시작했고, 그곳 주인장을 '오치댁'이라 부르게 되었다.

세상엔 논리를 따져봐야 소용없는 것들이 있다. 누가 시작했든, 맞든 틀렸든, 그 식당을 '오치댁'이라 정한 이후로 우리에겐 그곳이 오치댁이 되었다. 매화정 뒤풀이는 고향 찾는 마음이 더해지게 되었다. 그럼 됐지, 뭘 굳이 꼬치꼬치 따지고 캐묻는단 말인가.

그런데 그 식당 주인장, 참 오묘하긴 하다.

"고향이 어디요?" 하고 물으면 손님 말투에 따라 광주가 되었다가, 대전도 되었다가, 때론 부산도 되었다가, 수시로 바뀐다. 그래서 진짜 오치댁 맞는지 우리끼리 인사청문회가 열리기도 했는데, 일단 음식 맛에서 고향 맛이 느껴지고, 다짜고짜 우리를 "고향 오빠들~" 하면서 살갑게 부르니 여기서 또 따진들 뭐하겠나. 고향은 자연이 아니라 사람이라고 한다. 더 이상 캐묻지 않고 '진품 오치댁'으로 인정하기로 우리끼리 정중한 합의를 보았다.

오치댁이 만든 파전, 더덕구이, 두부김치를 사이에 놓고 소주파, 맥주파, 막걸리파 나뉘어 매화정 친구들은 술잔을 돌린다. 다리 힘보다 튼튼한 입심들이 본격적인 힘을 발휘하면서 고성능 스피커를 무색케 하고, 산비탈을 빨리 오르던 놈, 벌써 허덕이던 놈, 요령 피우며 천천히 걷던 놈, 여기서는 똑같이 평등해진다. 겨울 해가 짧아 바깥은 점점 황혼으로 접어드는데, 석양에 물든 건지 술에 젖은 건지 친구들 얼굴도 벌그죽죽 화색이 돈다. 나는 술자리 구석에서 오늘 찍은 사진을 한 장씩 넘겨보며 웃는다.

어디가 소나무 군락지고 어디가 친구들이더라?

어느 솔찬한 아홉 번의 하루

첫 번째 하루. '윤회'

주말 오후 정겨운 빗소리 들으며 든 잠, 깨어보니 비도 함께 멈췄다. 낮잠치고는 솔찬히 잔 모양이다. '표준어'라고 강조하는 말에서는 '상당히'라고 하지만 나는 우리 고향말 '솔찬히'가 꽤 좋다. 솔찬히 좋다.

어제는 고향에 성묘 다녀왔고, 오늘 오전에는 주말 미사에 참석했다. 노인네치고는 바쁜 일정을 치렀으나 몸은 한층 개운하다. 낮잠 잔 효과, 솔찬하다. 창 너머 하늘, 비 갠 뒤에 구름. 차가운 기운 머금은 아파트 옥상이 문득 궁금해진다. 20년 가까이 살고 있는 아파트. 해외에 있을 때는 항상 다른 사람에게 세를 내주어 '내 집'이라는 생각이 별로 들지 않았으나 이제야 비로소 내가 사는 곳이라는 느낌이 든다. 평소엔 옥상에 올라갈 수 없었는데 최근에 공사를 한다고 아파트 옥상을 활짝 열어놓았다. 옥상이나 올라가볼까.

옥상의 공기는 낮잠 자기 전 그 공기가 아니다. 새초롬하다. 생각해보니 '새초롬하다'도 원래 표준어가 아니었는데 많은 이들이 사용하다 보니 표준어로 인정됐다. 그런 별 쓸모없는 생각을 하면서 옥상을 한 바퀴 빙 둘러본다.

이제 산과 들도 여름밤 꿈에서 깨어나 슬슬 겨우살이를 준비할 시간이다. 단풍 들고 잎 떨어지는 것은 아름답기는 하지만 인간들 살림일 따름이다. 산과 들 입장에서는 그저 세월 흐르는 대로 입었다 벗었다 다시 입는 윤회의 한 조각일 뿐.

나도 윤회를 준비한다.

두 번째 하루. '유죄'

기상청 홈페이지에 들어가 관측 자료를 살펴보면 '가시거리'가 나온다. 사람 눈으로 가장 멀리 볼 수 있는 거리라는 뜻이다. 구체적인 숫자가 표시되는데 추석 연휴 때문에 관측원들도 마음이 넉넉해졌는지 오늘은 '20킬로미터 이상'으로만 두리뭉실 표시되어 있다. 아파트 옥상에 올라가 보았더니 북한산 백운대까지 선명하게 보이니까 30킬로미터는 넘지 않을까 싶다.

어느 작가는 "지금 사랑하지 않는 자 모두 유죄"라고 했는데 "이렇게 좋은 날, 집에만 있는 자는 모두 유죄" 아니겠나. 시인의 판결에 마음이 찔려 카메라 둘러매고 서울대공원으로 나간다.

연휴 기간이라 대공원은 인산인해였고, 결국 끼어들 자리를 찾지 못해 중도에 포기하고 다시 집으로 돌아왔다. 아파트 옥상만 다시 들락거렸다. 일 년 365일이 휴일인 나에게는 열흘이나 되는 황금연휴가 조금은 불편하다. 아직 이틀밖에 지나지 않았구나. 휴.

세 번째 하루. '친구'

서양은 물론이고 이웃나라 중국도 나이, 성별, 직업에 관계없이 '친구'라는 호칭을 관대하게 사용하는데 우리나라는 그렇지 않다.

우리는 '친구'의 조건이 엄격하다. 친구라는 말을 잘못 사용했다간 "내가 왜 네 친구냐" 하는 무안을 당하기 일쑤다.

친구라고 불러도 세금 내지 않을 텐데 기필코 지인知人이라는 말로 선을 긋는 경우도 흔하다. 나는 '지인'이라는 용어를 별로 좋아하지 않는다. 알기는 뭘 안다고 지인일까, 몇 십 년을 만나도 사람 속을 모르겠던데……. 오히려 '지인'이 더 과장되게 들린다. 차라리 '옛날부터 친하다'가 겸손하고 낫지 않을까. 그게 바로 친구親舊 아닌가. 그런 노인네스러운 심술을 마음속으로 중얼거린다.

한 친구가 휴대전화로 멋진 표현을 보내왔다.

"이유 없이 만나주는 사람이 '친구'.
이유 없으면 만나지 않는 사람은 '지인'.
이유를 만들어서라도 만나고 싶은 사람은 좋아하는 사람."

미야자키 하야오 감독의 영화 '귀를 기울이면'에 나오는 대사란다. 일본도 친구와 지인을 구분 짓는 요령이 우리와 비슷한 모양이다. 오늘은 '친구'가 수원에서 사진전을 한다기에 다녀왔다. 그 친구는 사진 아카데미에서 같이 수업을 듣는, 재기발랄하고 꾸준히 작품 활동을 하는 젊디젊은 여성분이시다.

하루에 1만 보 이상 걷기, 다양한 사람 속에 파묻혀 사색하는 시간 갖기, 우연히 마주친 이미지 새기기, 그리고 가급적 대중교통으로 이동하기……. 이것들은 내가 정한 몇 가지 생활 원칙인데 오늘은 그것을 살짝 어겨보기로 했다. 가는 김에 팔달산, 중앙시장, 수원역, 서호, 서울농대 연습림 등을 두루 다녀오려고 운전대를 잡았다. 내비게이션에서 나오는 다정한 목소리를 길동무 삼아 도로에 나섰다. (이럴 때는 친구보다 '동무'라는 우리말이 참 좋다)

원래 수원은 뜰이 넓고 호수, 나지막한 산, 오래된 산성도 있는 아름다운 도시인데 여기도 아파트 천국으로 바뀌어 동서남북 방향을 흩트려 놓았다. 어느 독일 건축가가 서울에 머물다 떠나면서 "이 도시는 도시가 아니다"라는 말을 남겼다는데 수원에서 그런 쓸쓸한 감정을 조금 느낀다.

예술 하는 학생들은 다른 사람과 다른 특이성singularity을 찾으려고 저토록 애쓰는데 돈벌이에만 골몰한 이 사회는 고유한 차별성을 죽이려고 죽을힘을 다하고 있구나. 그런 생각을 하면서 전시회를 둘러보고 집으로 돌아왔다.

#네 번째 하루. '꾀꼬리'

늦은 아침 커튼을 젖히니 가을비가 내린다. 밤새 비가 제법 내린 듯 공기가 촉촉하고 하늘에 구름은 두텁다. 사진 여행하기 딱 좋은 날씨. 당초 올해 단풍 여행은 다음 주부터 하기로 정해놨으나 오늘 하루 '예행연습'을 떠나보기로 한다. 누가 재촉하는 것도 아닌데, 아직 아침은 아침인데, 곧 해라도 질 새라 부랴부랴 강원도 화천 해산령으로 향한다.

단풍은 아직이다. "일주일은 더 기다려야 하는데……." 도착해 물으니 현지에 사는 분께서 안타깝다는 목소리로 말한다. 그렇게 일주일만 더 기다릴걸.

파로호의 들녘은 노랗게 배가 불렀다. 올여름 유난히 덥기도 했고 비도 흡족하게 내린 덕택이다. 그토록 더울 때는 재난이라 생각했는데 그것이 또 이렇게 도움이 되기도 한다. 올해 단풍 여행의 예행연습은 비록 실패했지만 여기에도 어떤 '의미'가 있을 것이라고 나름대로 합리화한다. 본 게임이 더욱 기대된다.

호숫가에 차를 세워놓고 운전석을 뒤로 젖히고 시집을 펼쳤다.

"멀리 갔던 꾀꼬리 / 봄이 오니 다시 돌아왔지만 / 새로운 노래는 배워오지 않고 / 흘러간 옛노래만 부르고 있다." (괴테 시집에서)

그 어리석고 따분한 꾀꼬리가 꼭 나를 두고 하는 말 같다.

다섯 번째 하루. '오대산'

유정하다. 어머니가 아이를 안고 있는 듯한 형세, 산세, 지형을 '유정하다'고 말한단다. 풍수지리서에 자주 쓰이는 말이다. 수년 전 친구에게 그 말을 듣고 국어사전을 찾아보니 유정에는 크게 두 가지 뜻이 보인다. 인정이나 동정심이 있다는 뜻의 유정有情, 그윽하고 조용하다는 뜻의 유정幽靜.

친구가 어느 쪽으로 말했는지는 모르겠지만 나는 그 뒤로도 '어머니 품처럼 따뜻하고 그윽하고 조용한'이라는 뜻으로 '유정'을 애용한다. 유정한 풍경, 유정한 산천, 유정한 마을, 유정한 생각, 유정한 사람들……. 어디에 써 봐도 무리 없이 아우른다.

봄, 여름, 겨울 오대산은 각각 가보았지만 가을 오대산은 처음이라 마음먹고 나섰다. 목하 산천이 단풍이다. 또 산천은 사람의 물결이다. 단풍 구경, 단풍놀이, 단풍 산행, 단풍 등산, 단풍 출사, 단풍 식사, 단풍 데이트, 단풍 산책……. 목적은 다 다르지만 어쨌든 '단풍'으로 대동단결하였다.

흥겹기는 하지만 이런 소란과 소음에는 너그럽지 못해, 오후에 도착해 해질녘까지 있을 요량으로 일부러 늦은 시간에 집에서 출발했다. 날씨도 꾸무룩하고('끄무레하다'의 전남 사투리) 쌀쌀해서인지, 혹은 오늘이 평일이기 때문인지, 어쨌든 작전은 성공했다. 오대산은 한가하다.

안개가 결국 비를 뿌린다. 월정사, 상원사, 사자암에 오르니 제법 내리기 시작한다. 비를 피해 암자 지붕 아래에 편한 자세로 앉아 있다가 이제 갓 복판에 이르는 가을의 기운을 한껏 몸에 담는다. 사진도 몇 장 찍어본다. 아, 유정하구나.

여섯 번째 하루. '셔틀버스'

춘하추동 사시사철 이 산 저 산 한들한들 너울너울 날아다니다가 혼자 보기 아까운 풍광을 만나면 친구들을 불러 모으는 말수 적은 이 양반이 올해도 깃발을 들었다.

[백담사 산행] 21일(토요일) 7시, 회비 3만 5천 원. 신사역 6번 출구 집합.

토요일에 밖에 나가면 고생길이라는 걸 알지만 가성비 좋고, 백담사 가을 절정이 유혹하기도 하고, 지난해 설악산 추전골 추억이 아련하기도 해서 곱게 녹슬어 가는 친구들 보고 싶어 하루 잠을 설친다.

백담사를 오가는 도로는 좁고 험해 작은 셔틀버스만 운행한다. 들어갈 때 1시간 20분, 나올 때 1시간 40분 줄을 섰다. 일 년에 한 번은 단풍 속에 몸 담고 울긋불긋 오색 색감을 몸 안에 집어넣어야 직성이 풀리는 우리 민족, 백의민족. 울

굿불긋 단풍 옷과 단풍 얼굴로 치장하고 좀처럼 줄지 않는 줄을 이어 만든다. 문득 우리 할머니, 어머니도 그 시절에 가까운 동산에 가더라도 가을 단풍놀이는 즐기셨던 기억이 떠오른다.

산행하는 친구들과 함께 있다 보면 사진 찍는 일이 자꾸 눈치 보인다. '지가 무슨 작가라고' 하는 고소苦笑의 눈빛이 엿보인다. 물론, 친구들 몰래, 부족한 시간을 쪼개어 슬쩍 사진 찍는 맛도 고소하다. 단풍에게는 조금 미안하지만 흑백으로 찍었다.

백담사의 가을은 역시 화려하고, 확실하다.

"나뭇잎들 사이 밝은 광채는 침묵의 열매와도 같다"는 어느 책의 구절을 떠올리며 '확실한' 가을을 만끽하고 돌아왔다. 지루하지 않았던 긴 줄과 함께.

일곱 번째 하루. '감포'

몇 년 전 일일까? 요즘은 단박에 숫자 계산이 안 된다. 건망증인지, 그저 늙어가는 건지, 아니면 치매 초기 증상인지. 헤아려 보니 42년 전 일이다.

그 시절에는 주말에도 근무하는 것이 다반사였고(오히려 주말에 쉬는 것을 이상하게 여기던 시절이 있었다) 자가용은 먼 나라 이야기였고, 어딘가 늘 허기졌다. 회사 친구 몇 명과 감포로 여행을 갔다(그때는 경북 월성군 감포읍이었고, 지금은 경주시 감포읍이다). 바쁠 것 없는 시골 완행버스를 타고 파란 동해 바다를 배경으로 달렸다. 한적하고 순박한 항구, 활기 넘치는 어부들, 나지막한 산등성이 위로 오밀조밀 민가民家가 들어차 있었다. 새콤달콤한 곱빼기급 물회 한 접시에 막걸리를 몇 주전자 마셨던 기억이 난다.

1980년대 그때 '삼포로 가는 길'이라는 노래가 한동안 유행

했는데, 가사 가운데 "삼포로 나는 가야지"라는 대목이 있다. 그걸 버스 안에서 "감포로 나는 가야지"로 바꿔 부르며 찾아 갔던 기억도 난다(그때는 버스 안에서 노래를 불러도 괜찮았다. 너무 시끄럽지만 않다면. 하긴, 버스 안에서 다들 담배를 피우던 시절이었으니까).

그렇게 40년이 넘게 흘러, 경주를 여행하는 도중에 길벗으로 삼은 젊은 친구가 "점심은 감포에서 하시지요. 30분 정도 걸립니다" 하길래 엉겁결에 감포까지 따라가게 되었다. 전에는 경주에서 감포까지 한나절은 걸렸던 것 같은데. 당연히, 그때 그 시절 정겨운 풍경은 모두 사라졌다.

감포공동시장 뒤에 '감포해국길'이 있다. 옛 골목길에 바다국화라는 뜻의 해국海菊이라는 이름을 붙였다. 거기서 화가 두 명이 요란하지 않고 수수한 색감으로 솜씨 좋게 풍광을 그려내고 있었다. 그림 그리는 모습을 한참 구경하고 조용히 골목을 걷다 보니 오래된 우물, 문 닫은 목욕탕 건물, 언덕 위교회당, 텃밭…… 옛 모습이 아련히 떠오를 법도 하다. 백 년은 족히 넘은 것 같은 적산 건물이 하나 있어 사진을 찍고 있는데 지나가던 할머니가 "내년에 철거된다우" 하고 알려 준다. 묻지도 않았는데.

골목 빈집 주인은 편의를 찾아 마을 위에 지어진 아파트로 이사한 모양이다. 이런 어촌까지 아파트 단지가 가득하다. 기억에 드라마를 입힌 것을 추억이라고 한다. 사람과의 관계, 인연도 그렇고, 여기 감포도 그렇고, '아름다운 추억은 거리를 두어야 유지된다'는 말도 다시 생각해본다.

그때 감포에 같이 갔던 친구에게 전화해 감포에 있다고 했더니 얼마나 변했는지 보고 오란다.

다 변했다. 감포도, 전화기 너머 목소리도. 다만 우리의 추억만 그대로다.

여덟 번째 하루. '단풍'

정읍 내장산으로 향한다. 지난해인가 SRT 터미널이 우리 동네에 들어와 지방 여행이 편해졌다. 언제든, 전국 어디로든, 훌쩍 떠날 수 있는 채비가 집에서 걸어갈 수 있는 거리 안에 갖춰졌다. 집 앞 터미널에서 정읍까지 1시간 16분 걸린다. 서울 강남에서 강북이나 영등포 오가는 시간과 비슷하다.

인터넷 카페에 '내장산 단풍 절정'이라는 게시글을 보고 떠났는데 '아직'이다. 내 기준으로는 일주일은 더 있어야 절정이겠다. 그렇다고 게시글이 틀린 것도 아니다. 라면 하나도 조금 설익게 먹느냐 푹 익혀 먹느냐 각자 취향이 다른 법인데, 단풍인들.

내장산 단풍은 역시 명불허전, 듣던 칭송 그대로라고 감탄한 적이 한두 번 아닌데 이번에도 그렇다. 오지게 후덕하고 이무롭다. 이무롭다는 '임의롭다'의 전라도 사투리. 서로 마음대로 해도 좋을 정도로 친숙하다는 뜻인데, 역시 오래 사용해 그런지 '이무롭다'는 표현이 입에 착 감긴다. '이물異物 없다'는 발음과 비슷해서일까? 어느 쪽으로 해석하든 좋게 느껴진다.

절정으로 들어서는 단풍의 가장자리에 몸을 담가보니 잎과 열매의 빛깔이 강렬하고 금방이라도 어떤 소리가 날 것만 같다. 오늘은 2만 5천 보를 걸어 하루 목표를 초과 달성했다. 정읍재래시장에서 7천 원짜리 순대국밥으로 점심을 때우고 집으로 돌아왔다. 새벽 기차 타고 나섰는데 집에 도착하니 오후 3시. 우리나라가 더 작아진 느낌이다. 아니 '가까워졌다'고 말해야겠지. 과연?

아홉 번째 하루. '졸업'

나이가 들어가니 병원 가는 일도 큰일이다.

"국산 기계 70년 넘게 썼으면 이제 고장 날 때도 되었다."

친구들이 우스갯소리로 그렇게 말하고, "내 몸은 이제 내 것이 아니라 의사의 것"이라고 대범한 척 농담하다가도 병원 문 앞에만 서면 몸이 작아지고 움츠러든다.

이른 아침 온기 없이 딱딱한 의사 선생님 몇 말씀 듣기 위해 새벽부터 참 많은 사람들이 옹기종기 모여 있다. 대기실 구석에 앉아, 읽고 있는 책을 펼친다. "오늘날 병자에게 침묵은 예전과 같은 침묵이 아니다. 오늘날 병자 곁에 있는 침묵은 조금 섬뜩한 것이다. 왜냐하면 건강한 생명의 일부여야 하며 그 건강한 생명 안에서 작용해야 하는 침묵이 이제 거기서 쫓겨나 병자 곁에만 머물기 때문이다." 하필이면 이 구절이람.

내 차례를 기다린다. 물론 나는 병자가 아니지만, 내 일상적인 상태를 병자라고 하여도 하등 이상할 것 없는 그런 나이가 되었다.

2년 전 입원 수술을 한 이후로 정기적인 검진을 받아왔다. 오늘에야 비로소 의사 선생님이 '졸업'시켜 주신단다. 진료를 마치고 홀가분한 마음으로 병원에 인접한 고궁, 창경원, 비원 등을 둘러보았다.

가을도 이제 끝자락이다. 올가을 단풍 여행도 여기서 마침표(아니 내년을 위한 쉼표)를 찍어야겠다.

지난 한 달 단풍 핑계를 대고 참 신나게도 돌아다녔다. 화천, 해산량, 오대산, 속초, 백담사, 경주, 감천, 정읍, 내장산, 용인, 호암미술관, 만추여행, 창평……. 전국을 한 바퀴 빙 돌았다.

집에 돌아와 비원에서 찍은 사진을 노트북 저장고에 보관해두려고 했더니 용량 초과로 올라가지 않는다. 뭔 욕심은 그리 많았는지.

EP. 6

천천히 걷는다

예로부터 훌륭한 과학자나 철학자, 예술가들은 산책을 하다가 영감을 얻거나 원리를 찾아낸 경우가 많았다고들 한다. 과연 왜 그랬을까? 산책하다 오랜 숙제를 풀고, 또 오랜 숙제를 풀기 위해 산책을 했다는데, 산책이 어떻게 그런 성과를 낳았을까?

산책은 천천히 걷는 일. 발바닥 전체로 땅을 지그시 눌러 준다는 기분으로 걷는 것이 산책이다. 발바닥이 한시라도 땅에 닿을세라 통통 튀며 나아가는 달리기와 다르다.

그렇게 발바닥이 땅에 완전히 밀착되었을 때, 머릿속에 고집스럽게 뭉쳐있던 고민과 상념, 쓸모없는 정보들이 발바닥을 통해 빠져나가는 것은 아닐까? 그리하여 머리가 텅 비고, 머리를 짓누르고 있던 것들은 싹 빠져나가고, 눈, 코, 입, 가슴, 폐, 피부, 온몸의 기관들이 기를 펴고 살아나면서 외부세계와 교감하기 때문에 산책을 통해 새로운 무엇을 얻는 것 아닐까? 물론 의학적 근거는 전혀 없는, 엉뚱한 해석이다. 믿거나 말거나.

오늘의 산책 코스는 집 근처 양재천.

걷다 보니 반대편에서 제법 혈통과 족보가 있어 보이는 강아지 한 마리가 귀족처럼 뒤뚱거리며 앞서가는 모습이 보인다. 그 뒤로는 길게 목줄을 잡고 있는 '시종'이 종종걸음으로

이 귀족님을 모시고 따라간다. 사람이 강아지를 산책시키는 것인지, 강아지가 사람을 호령해 산책 나온 것인지 분간이 가지 않는다. 사람은 전자라고 생각하는 것 같고, 강아지는 후자라고 생각하면서 도도하게 턱을 치켜들고 있다. 견공에게 여쭤볼 수도 없는 노릇이니 이것도 그저 내 생각이 그렇다는 말이다.

조금 있으니 팔을 직각으로 꺾어 하늘을 찌르면서 어떤 아가씨가 힘차게 이쪽으로 걸어오는 모습이 보인다. 나를 보고 씰룩씰룩 웃길래 얼굴에 뭐가 묻었나 싶어 잠깐 긴장했다. 그 아가씨가 눌러 쓴 모자 틈으로 콩나물 같은 물체가 보인다. 최신형 이어폰. 그러니까 이 아가씨는 지금 몸은 비록 우리와 같은 행성에 있지만 외계에 있는 다른 본부와 계속 교신을 하면서 걷고 있는 셈이다. 속으로 조용히 웃는다.

양재천을 천천히 산책할 때는 이렇게 구경하는 일이 좋다.

사람 구경, 강아지 구경, 꽃구경, 풀 구경, 물 위를 한가롭게 헤엄치는 청둥오리와 왜가리 구경……. 구경할 것이 많은데 그중 으뜸은 역시 사람 구경이다. 도심을 산책할 때는 혹여 어디에 부딪힐세라, 횡단보도라도 무심코 지나칠세라 긴장의 끈을 놓을 수 없다. 양재천은 다르다. 천천히 느긋하고 차분하게 걸을 수 있고, 그만큼 한적한 마음으로 대상을 바라볼 수 있다. 걸으면서 여유롭게 사람을 바라볼 수 있는 산책은 그리 흔치 않다.

조금 있으니 독일 철학자 니체처럼 코트 깃을 세운 중년 남자가 생각에 푹 잠겨 걸어가는 모습이 보이고, 또 조금 있으니 등산 모자에 선글라스까지 낀 아줌마 두 명이 휴대전화를 손에 들고 씩씩하게 양팔을 흔들면서 빠른 발걸음으로 내 옆을 지나간다. 깔깔깔, 둘이서 무슨 이야기를 재밌게 주고받는 중이다.

당연한 이야기지만 이런 산책을 할 때는 지나가는 사람들을 조용히 지켜볼 뿐 그들에게 절대 상관하지 않는다. '옷을 왜 그렇게 입었소? 그렇게 이어폰을 끼고 걷는 일은 위험하다오. 강아지 목욕은 시켜주셨소? 댁에 무슨 일이 있길래 표정이 그리 심각하시오?' 일체 묻지 않는다. 참견하지 않는다.

사람을 바라보는 '훈련'을 하는 것으로 이 산책은 훌륭하다. 굳이 상상하지 않고, 그저 있는 그대로 바라보는 훈련이랄까. 그러다 나 역시 홀로 히죽히죽 웃곤 한다. 그러면 상대방의 표정에는 '맛이 간 노인네'라고 측은하게 바라보는 눈빛이 드러난다. 그러든 말든, 그런 표정까지도 재밌다. 더 크게 웃는다.

'산책로'라는 것이 따로 있겠는가. 천천히 걸을 수 있으면 모든 곳이 다 산책로가 되는 거지.

홍콩 중심에 있는 중환中環은 서울로 말하면 여의도 증권가 정도에 해당하는데 지금은 세계적인 금융타운이 되었다. 새파란 30대 초반 나이에 홍콩증권거래소가 있던 빌딩에 근무한 추억이 있어 홍콩에 갈 때마다 중환을 산책로로 삼는다. 그때도 번화가이긴 했지만 지금은 복합형 상업지역으로 천지개벽한 듯 바뀌었다.

한여름 비와 더위를 피하며 걸을 수 있는 복도가 있고, 명품 건축물과 지하철, 페리가 연결되고, 야외광장에는 세계적인 작가들이 만든 조형물 작품을 감상할 수 있다. 초고층 빌딩 1층의 호화판 쇼윈도에는 "너 돈 있지? 돈 좀 쓸 줄 알지?" 하고 유혹하는 명품 코너가 즐비하게 늘어서 그 옛날의 중환과 지금의 모습을 비교하며 걷게 된다. 그때는 그때대로, 지금은 지금대로 의미가 있을 것이다.

옛사람들은 "산천은 변함없는데 사람은 간데 없다"고 한탄했는데, 요즘은 반대로 "사람은 그대로인데 주위 풍경은 하나가 다르게 쑥쑥 바뀌는" 어지러운 세상을 살고 있다. 그런 것들을 생각하며 천천히 걷는다.

울릉도 도동해안 산책로는 초기 화산 활동의 특징을 그대로 지니고 있는 보기드문 산책로이다. 인공으로 꾸민 산책로가 아니라 자연 그대로 남겨놓아 더욱 마음이 놓인다.

해식동굴, 베개용암, 클링커, 부정합, 해안폭포 등 지질 공부를 하면서 걷기에 좋다. 곳곳에 안내판이 있다. 걸으면서 무슨 공부냐 싶겠지만, 평소에 익숙하지 않은 것을 생각하고 발견하다 보면 다른 잡다한 생각들이 자연히 밀려나 있는 것을 발견하게 된다.

평소 자주 가는 산책로는 올림픽공원, 경복궁, 그리고 미술관인데, 특히 반나절 정도 미술관을 걷다 보면 그림이나 조각 속을 유영하다 돌아온 느낌이라서 그 몽환적인 즐거움은 이루 말할 수 없을 정도다. 어느 도시에 가든 미술관부터 찾는 이유는 그러한 일석이조, 일석삼조의 경제적(?) 효과 때문이다.

그래도 가장 마음 편한 산책로를 고르라면 누구든 '우리 동네'를 꼽지 않을까. 나 역시 그렇다. 가장 익숙한 길을 걸으면서 특별한 시선의 유혹에 빠지지 않고 생각에 집중할 수 있는 산책이 바로 동네 산책이다. 동네 산책은 사색을 위한 산책이기도 하고, 산책을 위한 사색이 되기도 한다.

다리뿐 아니라 생각도 함께 걷는다.

더 이상 걸을 수 없게 될 때까지 걷고, 더 이상 생각할 수 없을 때까지 걸었으면 좋겠다.

짜보영한, 참 잘했어요

그 시절엔 왜 그렇게 하지 말란 것들이 많았는지 '영화 관람 금지령'이란 것도 있었다. 중고등학교 다니던 시절, 학생은 영화를 마음대로 볼 수 없었다.

학교에서 단체관람 영화를 보는 날을 제외하고는 영화관에 들어가는 행위 자체가 허락되지 않았다. 영화관을 들락거리는 녀석은 불량학생 정도로 취급되었고, 혹시 미성년자 관람 불가 영화라도 보다 적발되면 그야말로 퇴학 감이었다. 그땐 정말 왜 그랬는지, 이제 와 돌아보면 웃지 못할 일들이 많지만, 그땐 그랬다.

그래도 시험이 끝나는 날엔 꼭 영화 한 편을 보러 갔다.

극장가는 길목에 중화반점(요즘엔 흔히 '중국집'이라 부르는 식당)이 하나 있었다. 그곳도 영화와 세트로 묶어 연상되는 곳이었다. 영화 보는 날엔 꼭 짜장면도 함께 먹었다.

작은 일탈을 통한 해방감이랄까. '이 고개만 넘어가면 그걸 할 수 있어'라는 생각에 땀 흘리며 열심히 걷는 의욕을 갖게 만드는 '동기부여' 같은 것 아니었을까. 월말고사, 기말고사, 중간고사, 모의시험, 시험은 많았지만, '시험이 끝나면 영화를 볼 수 있다'는 생각에 교과서와 사전에 그토록 매달릴 수 있었다.

나름대로 모범생이고자 했던 터라 언제나 단독 행동을 원칙으로 했다. 친구들과 우르르 몰려 극장에 간다고 하등 좋을 게 없었고, 나만의 비밀 정원을 만들어 놓은 듯한 뿌듯함과 은밀한 쾌감까지 느끼면서 시험 날짜를 기다렸다.

책상 위에는 이렇게 붙여 놓았다.

"짜. 곱. 영. 한"

빨간 사인펜으로 달력에 있는 시험 날짜 위에 큼지막하게 적어놓았다. 사자성어 같고 비밀스런 암호 통지문 같기도 한 그 글자만 보면 기분이 좋아졌다. 짜곱영한.

짜장면 곱빼기, 영화 한 편. 나만의 줄임말이었다. 시험 끝나면 짜장면을 곱빼기로 먹고 영화 한 편 때린다! 상상만으로도 얼마나 행복하고 유쾌하던지. 지금 생각해도 짜릿하다.

학창시절에는 그렇게 보지 말라는 영화를 꾸역꾸역 몰래 숨어가면서까지 봤는데 정작 영화를 마음대로 볼 수 있는 나이가 되자 영화에 시들해졌다. 세상일이 다 그렇지 않은가. 하지 말라고 하면 더 하고 싶은 법이다. 차라리 마음껏 하도록 내버려두면 하다가 지쳐서 하지 않게 되거늘…….

직장생활을 하면서 영화는 더욱 멀어졌다.

직장 일은 물론이고 가족도 챙겨야 하고, 주말에는 또 이런저런 바깥일이 많았고……. 그래서 '극장에서 영화를 본다'

는 것은 무척 한가한 사람으로 보이는 징표였다. 극장이나 드나드는 한량이랄까. 극장 가는 일이 자연 꺼려졌다. 쉽지 않은 선택이었다. 그 시절엔 정말 모든 것이 왜 그랬는지 모르겠다. 바쁘게 살아가는 시절이었던 것도 같고, 지나치게 간섭이 많은 시절이었던 것도 같고, 남의 눈치를 많이 보는 시절이기도 했다.

영화와 점점 멀어졌다. 직장생활 40년 동안 영화를 영화답게 본 기억이 별로 없다.

퇴직하고 나서도 그렇다. 이젠 정말 시간도 많고, 돈도 좀 있고, 영화관 드나든다고 누구의 눈치를 봐야 하는 시절도 아닌데, 평생 익숙하지 않아 그런지 영화를 보는 일이 드물다.

텔레비전을 켜면 수백 개 채널에 '집 안 영화관'이 쫙 펼쳐지는 시대인데 일 년에 한 편이나 볼까 말까 한다. 게다가 집에서 텔레비전을 많이 보는 것도 아니다. 기껏 봐봤자 여행 다큐멘터리나 스포츠 채널이나 조금 보지 집 안 소파에 앉아 한가하게(?) 영화를 보고 있을 엄두가 나지 않는다. 드라마는 전혀 안 본다. 비비 꼬고 자꾸 늘어지는 것을 온몸이 거부하는 탓이다.

나는 전형적인 '한국형 남자 늙은이' 아닐까.

한겨울 삭풍이 힘자랑을 하던 주말, 영화 〈유스YOUTH〉를 봤다.

그날 날씨가 좋았으면 영화를 보지 않았을 것이다. 카메라 하나 둘러매고 나갔는데 셔터를 누르기에도 손이 시렸다. 바람 피하려고 쇼핑센터에 들어갔다가 연말 맞아 폭풍처럼 늘어난 인파에 섞여 이리저리 어지럽게 돌아다녔다. 그러다 우연히 영화관 간판을 봤다. '에이, 영화나 한 편 보자.' 그렇게 우연히 보게 된 영화가 하필 또 〈유스〉였다.

'젊음'이라니. 제목부터 나와 상관없는 영화다. 스쳐 지나가 버린 것, 이젠 가질 수 없는 것을 내걸고 있는 영화.

채식주의자에게 2시간 동안 고기 먹는 장면만 보여주는 영화가 되지 않을까…… 하고 의심하며 봤는데, 그건 아니었다. 마이클 케인, 하비 케이틀, 제인 폰다 같은 1960~1970년대를 풍미한 순 노인 배우들이 영화에 나와 복작거린다. 그들은 이제는 '원로 배우'라는 타이틀을 갖게 되었다. 내가 '그 시절'에 몰래 본 영화 속에 등장하던 젊음들이 그렇게 함께 늙어왔다.

젊음과 늙음은 나이가 아니라 생각의 차이다.

삶에 대한 열정과 희망을 내려놓지 않으면 늙어서도 젊다. 감독은 이런 메시지를 전하려고 했던 것 같은데 영화는 좀 난해하다. 관객이 작품을 가볍게 대하지 못하도록 감독이 솜씨를 부린 건지, 아니면 반세기 넘게 영화를 멀리하다 보니 영화 보는 눈이 전혀 없어져서 그런 건지, 영화가 전하려는 깊은 뜻을 쉽게 알아채지 못했다.

그래도 숨 가쁘게 몰아가지 않는 슬로우 템포, 인생의 황혼길에 오랜 두 친구가 주고받는 멋지고 격조 높은 대화, 한때는 뭇 청년들의 가슴을 설레게 했지만 이제는 폭삭 늙어버린 제인 폰다 같은 배우를 바라보는 묘한 감정, 그런 것들이 좋았다. 조수미 씨가 부르는 노래 '심플송'이 황홀경으로 몸을 감싸고, 야생화 한들거리는 알프스의 아름다운 계곡으로 관객을 이끌고 간다. 2시간 동안 촬영 기법 공부에 눈요기, 거기다 경로우대 관람료 할인이라는 국가적 특혜까지 누리고 돌아왔다.

늙은이가 젊은이에게 묻는다. "저기 저 산 보이지?" 젊은이가 그렇다고 대답한다. 늙은이는 재차 묻는다. "어떻게 보여?" 젊은이는 아주 가까이 보인다고 말한다. 그러자 늙은이가 이렇게 말한다. "그렇지. 젊을 때는 모든 것이 그렇게 가까이 보이는 법이지. 미래니까. 그런데 나이가 들면 모든 것이 멀리 있는 것처럼 보여. 과거니까."

나이가 들면 모든 것이 멀리 있는 것처럼 보인다. 영화 〈유스〉의 명대사다.

그런데 멀리 있는 것을 그저 멀리 있다고만 생각하지 말고 가까이 데려와보는 것은 어떨까. 산을 끌어올 수 없으면, 그냥 그 산에 가면 되는 것이고, 다가오지 않으리라 여겨지면, 먼저 다가가면 되지 않을까. 약간 비뚜름한 나만의 잔소리를 덧붙여 보았다. 멀리 있는 것은 어쩔 수 없는 일이고, 굳이 시무룩할 필요까지 있을까.

영화를 보고 나와 쇼핑센터를 방랑하는 김에 이듬해 수첩을 한 권 새로 샀다. 빨간색 사인펜도 하나 새로 샀다. 그 시절처럼, 맨 앞 장에 네 글자를 적어두어야겠다. 일주일에 한 번, 페이지마다 적어놔야겠다.

짜보영한.

이제 짜곱영한이 아니라, 짜보영한이다.

짜장면 보통, 영화 한 편.

곱빼기로 먹는 것은 아무래도 좀 무리다. 아무렴 보통이래도 그게 어딘가.

초등학교 시절 방학 때 의무적으로 써야 했던 일기의 끝자락에는 늘 이렇게 썼다. "오늘도 참 보람찬 하루였다." 사진 찍으러 갔다가 영화도 보고 수첩도 사고, 새해 소망도 생기고, 오늘도 참 보람찬 하루였다.

'참 잘했어요' 도장을 내게 찍는다.

EP. 8

까불며 살자

고등학교 때 우리 선생님, 아직 여물지도 않은 까까머리들 향해, 마땅히 할 말이 떠오르지 않으면 이렇게 말씀하시곤 하셨다. "오직 바른길만이 우리의 생명이다."

그럴 때마다 장난기 많은 친구 하나가 손을 번쩍 들어 "선생님! 어떤 길이 과연 바른 길입니까?" 하고 묻곤 했는데, 그럴 때마다 선생님은 아무 말씀 안 하시고 빙그레 웃으며 꿀밤을 때리셨다.

왜 선생님은 대답은 않고 꿀밤을 때리시는 걸까. 어릴 적에는 그것이 못내 궁금했는데, 어떤 길이 바른길인지 선생님도 딱히 모르고 계셨기 때문 아니었을까 싶다. 그런 건 곤란하게 왜 묻는 거냐고, 멋쩍어 때리셨던 것 같다.

일제강점기 때 우리 학교에서 광주학생운동이 시작됐다. 그것을 기념해 교내에 커다란 기념탑이 있었다. 거기에는 이런 문구가 새겨져 있었다.

"우리는 피 끓는 학생이다. 오직 바른길만이 우리의 생명이다."

선생님은 습관처럼 말씀하시며 우리에게 각인시켰다.

그런데 어릴 때의 반항기 때문인지 그 구호(?) 자체에 저항감이 들었다. 바른길을 강조하는 것은 좋은데, 굳이 '오직'일

필요까진 없지 않을까? '오직'이란 단어에는 틈새가 없다. '절대' '모든 것' '전부'처럼 오만의 냄새가 나기도 한다. 그냥 좋은 말을 긍정적으로 받아들이면 될 텐데 여기에 딴죽을 걸다니, 여간 삐딱한 존재가 아닌 것만은 분명하다.

바른길을 바르게 가면 그야말로 좋은 일이다. 그런데 때로는 '바른'이 편법이나 불법, 요령, 외골수를 합리화하는 방향으로 잘못 쓰이지 않았나 되돌아본다. 학생 때는 데모를 '오직 바른길'의 행진처럼 생각했고, 마음에 안 드는 상사와 욱하고 한판 벌이는 것도 '바른길'로 여겼다. 그런 것까지는 좋은데 정직하게 가야 할 험한 길을 놔두고 태연히 쉬운 길을 택하면서 그것을 또 '바른길'이라고 합리화하기도 했던 듯하다.

어릴 때 걸친 색안경은 차츰 내 눈이 되어 나중에는 도무지 떼어내기 힘들어졌다. 나와 생각이 다르면 그것을 차이가 아니라 틀림으로 받아들였고, 내가 생각하는 방향만 오직 바른길이라 여겼다. '바른'의 오용 아닐까 싶다. 그래서 "오직 바른길"에서 '오직'이라는 부사를 떼어내고 싶은가보다.

그냥 "죄짓지 말고 바르게 살아라"고 해도 충분히 의미가 전달되는 것을 왜 굳이 '오직'을 집어넣어 그렇게 살아가지 않는 사람을 모두 죄인처럼 취급하는 것일까, 하는 생각도 해보곤 했다. 역시나 내가 삐딱한 학생인 탓이리라.

동창회에 정식 명칭이 따로 있지만, 내 마음속으로 나름대로 닉네임을 정해놓았다. '오직 바른길' 동창회라고 말이다. 고등학교 때 한 교실에서 그 말을 귀에 닳도록 들으며 함께 공부한 동창생들이다.

그런 '바른길'의 여정을 각자 따로 살았다. 반세기 넘는 세월을 지나 평가해보니 바른길 인생에도 승리자가 있었고 실패자도 있었다. 승리와 실패를 가늠하는 기준은 제각각이리라. 주위에서는 실패했다고 수군거리는데 자기 나름대로는 바른길을 걸어왔다고 자신하는 친구가 있고, 주위에서는 성공한 사람이라고 하지만 바른길의 영역에서는 다소 실패한 모습을 보여왔던 친구가 있다.

이런저런 바른길이 모여 지금은 똑같은 눈높이에서 막걸리 잔을 기울이고, 똑같은 관광버스에 올라 매화 구경, 단풍 나들이를 하러 몰려다닌다. 이제는 '오직'이란 수식어를 붙여도 그냥 농담으로 받아들이는 나이가 되었다. 이제 와 '오직'을 찾은들 뭐하겠나. 이렇게 살고, 살아 있으면 되는 것을.

늙어간다는 것은 느슨해지는 일이다. 투철할 이유가 갈수록 희미해지는 것이다.

바른길의 잣대 위에 나는 승리자일까, 실패자일까.

모르겠다.

아무렴 어떠랴.

이미 다 지난 삶인데, 세월에 충실했으면 됐지.

얼마 전 친구들끼리 또 소풍을 다녀왔다. 외롭고 쓸쓸해서가 아니라 장난기를 주체못하는 애들 같은 심성 때문에 자주 모인다.

미니버스 안에서 어떤 친구가 느닷없이 이런 말을 했다.

"우리는 항상 좋은 놈이 아니야. 항상 나쁜 것도 아니고. 우리는 그냥 우리야."

그럴싸하게 들렸다.

왁자지껄 버스에 올라타고 보니 부잡스럽게 놀았던 그때 그 시절이 떠오른다.

문득 동창회 닉네임을 바꿔야겠다는 생각이 들었다. '오직 바른길' 동창회말고 '부잡하게 살자' 동창회로. 세상 시름 내려놓고 이젠 그냥 부잡스럽게, 까불며 살다 가기로 작정한 친구들처럼 모두 표정이 활기차다. 그래, 포항 거쳐 경주로 떠나는 이번 여행은 우리만의 '부잡 선언'인 것이다.

조용히 친구들 얼굴을 살펴본다.

재즈의 중심을 잡아주는 콘트라베이스, 곡의 빠르기를 조절해주는 드럼, 리듬과 화음을 오가는 만능 선생 피아노,

표나지 않게 다른 악기를 도와주는 기타, 쉬지 않고 밴드를 휘젓는 트럼펫, 새콤달콤 감미롭게 흐르는 선율의 색소폰, 사람을 불러 모으고 관계를 맺어주는 메인 싱어……. 재즈에 각자 역할이 있듯 친구들 모임에도 나름대로의 역할이 보인다. 누구는 콘트라, 누구는 드럼, 누구는 트럼펫…… 알게 모르게 서로의 파트가 형성되었다. 자기 생각이 지배적이지 않더라도 전체를 생각하며 제 갈 길을 걸어가면서 악보 없이 즉흥연주를 한다. 그야말로 '재즈'다.

40년 만에 만나 감동을 선사한 다정한 친구 춘식이, 받지는 않고 주기만 하는 포항 터줏대감 우섭이, 지난 일 년 동안 웃었던 웃음보다 이번 여행길에 웃음이 더 많았다는 남진이. 모두 오래 가슴속에 함께 갈 소중한 친구들이다.

건배사를 외친다. "부-잡-하-게-살-자."

누군가 답사로 받는다. "까-불-며-살-자."

우리 마음속 기념탑에 걸어놓고 외쳐야겠다. 이젠 평생 부잡하게 까불면서 살겠노라고.

'좋아요' 해주면 더 좋다

"젊을 때는 내가 좋아하는 사람만 좋아했는데 나이가 드니 나를 좋아하는 사람을 좋아하게 된다."

어디서 빌려온 글인지, 내 생각으로 끼적거린 글인지, 아무튼 수첩에 이렇게 적혀있다.

자꾸 기억력이 감퇴하다 보니 수첩이 적힌 말이 내 말인지 남 말인지 아리송할 때가 많다. 찬찬히 기억을 더듬는 과정을 숱하게 겪다가 내린 결론은 이렇다. 그 말에 공감하면 됐지 내 말인지 남 말인지 따져서 뭐해? 그걸 저작권으로 챙겨 무덤까지 갖고 갈 것도 아니면서 말이다.

수첩에 적혀 있는 문장들도 중학교 2학년짜리가 밤중에 뜬금없이 "시몬, 너는 아느냐" 하며 분홍색 편지지에 끼적인 것처럼 허세가 느껴지는 문장이긴 하지만 찬찬히 읽어보니 그리 틀린 말도 아니다. 그럼 '내 것'이지! 혹시 누군가 "그건 내가 한 말이요!" 하고 저작권을 주장하시려거든 따로 알려주시라.

'나를 좋아하는' 친구 만나러 부산까지 달려간다.

때 이른 더위로 걸음걸이도 주위 풍경도 나른하기만 한데, 돼지국밥에 막걸리 한 사발 앞에 두고 친구가 쏟아내는 이야기는 끝이 없다.

"지나간 세월이 결코 만만치 않더라. 그냥 살아온 것이 아니라 내가 '살아낸' 것이었어. 내가 봐도 스스로 대견하기만 해."

다 아는 레퍼토리, 만나면 똑같이 반복되는 이야기는 이제는 거의 외울 정도다. 그런 말을 막아서면서 "아따, 했던 말을 하고 또 하고 이게 뭔 짓이냐"라든가, "나도 다 아는 이야기랑게" 해봤자 아무 소용없다. 그저 조용히 들어주면 그만일 뿐. 명창이 판소리할 때 고수가 옆에서 추임새를 넣듯 "얼—쑤!" 해주기만 하면 된다.

제비 날아오른다.

앞으로 남은 생이 얼마 남지도 않았는데, 나중에는 이 지겨운 이야기를 듣고 싶어도 듣지 못할 날이 올 텐데, 하는 생각으로 오늘도 입술을 꾹 다물고 듣기만 한다.

한 줄 바람이 분다.

곰곰 생각해보니 이 친구가 나를 좋아하는 이유를 이제 알겠다.

그저 조용히 웃는다.

얼—쑤.

메신저 프로필에 있는 한 줄 소개를 '思索家(사색가)'로 바꿨더니 가까운 친구에게서 바로 전화가 왔다.

늙어서 무슨 주책이냐고, 만천하에 허세를 부리는 거냐고 낄낄거리면서 나를 놀린다. 얄밉지 않게 비웃는다. 그래, 맘껏 웃어라. 이렇게 전화라도 하면서 관심을 보여주는 건 너뿐이니.

참고로, '사색가' 이전에 내 프로필 한 줄 소개 문구는 이거였다. "편안하고 조용한 눈으로 세상을 본다." 어느 쪽에 오글거리든 당신의 몫이다.

개인적인 인생사를 굳이 자세하게 밝힐 필요는 없겠지만, 항구에 매어놓은 배처럼 흔들거리면서 느긋하게 세월을 보내던 나에게 불쑥 아픔과 시련이 찾아왔다. 그 오랜 직장생활을 끝내고 이제 본격적으로 제2의 인생을 추구하면서 '만끽하는' 삶을 살아볼까 했는데 그런 기회가 홀연 사라져버렸다. 신은 인간에게 가혹하다. 이래서 "내일은 없다"라고 했던가. 구체적으로 무슨 일인지 밝힐 수 없음을 양해해주시라.

"오늘을 즐겨야 한다"는 말이 바로 그런 말이었구나 하면서 후회했다. 후회한들 무엇하랴. 세상에 결코 돌이킬 수 없는 것 가운데 하나가 시간이다.

괴로운 것은 아픔이 아니라 내가 할 수 있는 게 없는 상황에 놓였다는 한없는 무력감이었다. 모든 것을 신 앞에 맡겨놓아야만 하는 시간이었다. 그래서 신앙생활에도 더욱 열심히 매진했던 것 같다.

밖으로 나돌며 남들과 어울리기보다는 혼자 성찰하는 시간이 길어졌다.

침묵하면서, 무언의 언어로 노래하고, 생각의 다리로 산책하고, 사색의 날개로 날 수 있다는 것을 조금씩 알게 되었다. 그러면서 스스로 '사색가'라 자처하게 되었다.

만천하에 허세를 부린다는 친구의 낄낄거림에도 나는 흔들림이 없다. '사색가'가 자격시험 치러 취득하는 자리도 아니지 않은가. 늙은이가 그런 허세 좀 부린다고 세상에 해를 끼치는 일도 아니고 말이다.

오늘도 담담하게 '사색가'라는 프로필 한 줄 소개를 유지하는 중이다.

우주의 질서나 세상의 이치, 삶의 본질 같은 거창한 숙제는 철학자나 사상가, 구도자들의 몫이고 나 같은 평범한 늙은이가 고민할 영역은 아니다.

한세상 살면서 부딪쳐왔던, 작지만 소중했던 것들을 다시 되돌아보며 나름대로 의미를 부여하는 일. 그것이 나 자신에게 부여한 사색가로서의 임무이자 숙제다. 아무도 알아주지 않아도 조용히 계속해나갈 사색가의 역할이다.

생로병사, 흥망성쇠, 내가 살아온 삶, 독서, 사람과의 관계, 배움, 사진, 글, 명상…… 나만의 사색 틀을 정해놓고 오늘도 산책한다. 참새에게도 오장육부가 있듯 작은 사색에도 있을 건 있어야 한다는 생각으로 사색의 결과를 기록하고 차곡차곡 쌓아나간다. 그런 흔적을 수첩에 적기도 하고, 메신저와 블로그에도 남겨둔다. 블로그에 올려놓은 글에는 제법 많은 댓글이 붙는다.

"사장님, 좋은 글 감사합니다." "건강히 지내세요." "사진이 참 좋습니다." "시간이 멈춘 듯한 풍광입니다." "뵙고 싶습니다." "그동안 연락 못 드려 죄송합니다."

아직도 나를 '사장'이라 불러주는 사람이 있고, 아직도 나를 기억하고 찾아주는 사람이 있고, 으레껏 예의상 전하는 칭찬의 말도 간혹 보인다. 어쨌든 이 나이를 먹어서도 관심 가져주는 사람이 있다는 사실 하나만으로 만족감은 상당하다. "젊을 때는 내가 좋아하는 사람만 좋아했는데, 나이가 드니 나를 좋아하는 사람을 좋아하게 된다"는 말도 아마 그래서 수첩에 적어두지 않았을까.

오늘도 나를 좋아해주는 사람을 위해 기록을 남긴다. 사실은 아무도 좋아해주지 않아도 그저 좋다. 나를 위한 사색이니까. 그래도, '좋아요' 해주면 더욱 좋다. 그것이 어쩔 수 없는 사람의 마음인가 보다.

얼―쑤. 오늘도 추임새를 기다린다.

"고맙소" 하고 답글을 붙여준다.

머리털이 없으면

바닷물은

멀리 마실 나가고

고무신짝 닮은 배

갯벌 위에 퍼져 쉬고

동네 개들

주인 따라 낮잠 자는데

묶인 굴비

부릅뜬 눈으로

텅 빈 포구 지킨다

— 자작 졸시 「법성포」 전문

『문장강화』『유혹하는 글쓰기』『글쓰기 생각쓰기』『글쓰기는 스타일이다』『21세기는 글쓰기가 경쟁력이다』『유시민의 글쓰기 특강』…….

글을 좀 써보겠다고 글쓰기에 대한 책만 잔뜩 사서 읽었다.

대大스승들에게는 죄송하지만 다들 똑같은 말씀을 이리저리 다르게만 풀어놓았다. 모든 책을 요약한 결론인즉 "책을 많이 읽고 자주 써보는 것 이외에는 다른 방법이 없다"는 것이다. 결국 사진은 글쓰기에 미루고, 글쓰기는 책읽기로 책임을 넘긴다.

어떤 책에 보니 글쓰기의 교본으로 삼을만한 책으로 박경리의 『토지』를 권한다. "아무리 퍼내도 마르지 않는 문장의 보물창고"라면서 "열 번 정도 읽어보라"는 것이다.

학창시절에도 선생님 말씀은 주억주억 잘 듣는 나름 모범생이었던지라, 늙어서도 스승의 말씀을 그대로 따른다. 5부 16권으로 이루어진 그야말로 대하大河 소설을 첫 권부터 읽기 시작했다. 역시, 감탄사가 절로 나오는 책이다.

문득 이런 사실을 깨달았다. 『토지』가 좋기는 한데, 그리 어렵지는 않다는 것이다.

좋은 문장이라고 하여 평소에 우리가 사용하지 않는 낱말을 늘어놓으며 화려하게 썼을 것이란 선입견이 산산이 깨졌다. 다른 스승의 책에 이런 말씀이 있었다. "묘사를 잘하는 비결은 명료한 관찰력과 명료한 글쓰기인데, 여기서 명료한 글쓰기란 신선한 이미지와 쉬운 말을 사용하는 것이다."

『토지』가 술술 읽히면서도 감동을 주는 원천은 이렇게 쉬운 말을 사용하면서도 따뜻한 인간미가 살아있기 때문일까. 결국 시대와 역사, 인간과 자연을 진심어린 눈으로 바라보고 정직하게, 있는 그대로 서술하려 노력한 것이 『토지』를 '문장의 보물 창고'로 만든 비결이 아닐까 생각한다.

글쓰기에 대한 책 가운데 이런 재미있는 비유도 있었다.

"머리털이 없으면 그대로 있지 가발은 쓰지 마라."

자꾸 양념을 치고 꾸미려 했던 과거가 부끄러워진다.

영광 법성포에 갔다. 포구 한 켠 그늘에 앉아 나른한 여름 날 오후를 즐겼다. 눈에 보이는 그대로 글로 옮겨보았다. 졸시 하나가 탄생했다. 국민학교(지금은 초등학교) 백일장 때 썼던 수준이다. 아무렴 좋다. '편안하고 조용한' 눈으로, 세상을 정직하게 바라보련다.

니싱푸마?

내 인생을 이야기하면서 '중국'이라는 두 글자를 떼어놓을 수 없다. 생의 절반가량을 그곳에서 살았으니까. 서울로 터전을 옮긴 지금도 이런저런 일로 자주 중국을 찾는다.

베이징에 가면 종종 징산공원景山公園을 찾는다. 징산에 오르면 자금성紫禁城을 한눈에 볼 수 있다. 마치 황제가 된 기분이다.

징산의 가장 큰 매력은 행복에 넘치는 사람들을 만날 수 있다는 사실이다.

중국 어느 공원에 가든 볼 수 있는 풍경이지만, 징산에 가면 삼삼오오 짝을 이뤄 춤추는 사람들을 흔히 만날 수 있다. 악사, 노래꾼, 추임새를 넣는 사람……. 오래된 전통처럼 각자의 역할이 자연스럽게 정해진다. 그리고 너나없이 춤을 춘다.

주위의 구경꾼도 함께 흥겹다.

그런 모습을 보면서 시끄럽다거나 추해 보인다고 손가락질할 사람은 하나도 없다.

징산공원 사람들이 추구하는 것은 완벽함이 아니라 행복이다. 악기가 최고급인 것도 아니고, 반주 가락이 척척 들어맞는 것도 아니고, 그들이 추는 춤도 무언가 엉성해 보이지만 모든 이들의 얼굴에서 행복을 찾는 일은 그리 어렵지 않다. 그들을 바라보는 일조차도 행복해진다.

회사에 평생을 바쳤던 내 인생은 쉼 없는 완벽을 추구한 삶이었다. 이만하면 부끄럽지 않은 인생이었다고 자신 있게 말할 수 있다. 그런데 누군가 나에게 "김선생, 행복하십니까?"라고 물으면 선뜻 그렇다고 대답할 자신이 없다. 지금 징산공원의 저 흥겨운 사람들이 내게 함께 춤을 추자고 권하며 "김선생, 니싱푸마(你幸福嗎, 행복하십니까)?"라고 물어도, 아마 한참을 망설이다가 "스(是, 그래요)"라고 미지근한 대답을 내놓을 것 같다.

남의 시선을 두려워하지 않는 저들의 삶이 부럽다.

늘그막에 사진을 배우고, 글을 끼적거렸다. 글을 잘 쓰는 '사부'에게 비결을 물으니 자꾸 써보고, 자꾸 공개하라 말했다. SNS를 통해 내가 쓴 글을 시시때때 올렸다. 문장이 엉망인 글을 내놓는 것이 부끄럽고, 심지어 두렵기까지 했다. 그동안 일생을 거쳐 쌓아왔던 진중한 이미지마저 스스로 무너뜨리는 것은 아닌가 걱정되었다.

주위 친구들이 내가 쓴 글을 읽으며 재미있어한다. 마당닭이 날아보겠다고 기를 쓰며 푸드득 거리는 모습이 우습기도 하고 귀엽기도 하였던가 보다. 내가 망가지는 모습을 보면서 웃을 수 있다니, 갈수록 웃을 일이 줄어드는 세상에 어쨌든 좋은 일 하나는 하고 있는 것 아니냐고 스스로 격려한다.

완벽해서 행복한 것이 아니라, '누가 뭐래든'이라는 생각으로 즐기니 행복한 것이다.

다시 징산에 오른다. 자금성이 내려다보인다.

황제가 별건가. 지금 내 인생 자체가 황제고 횡재다. 누가 뭐래든.

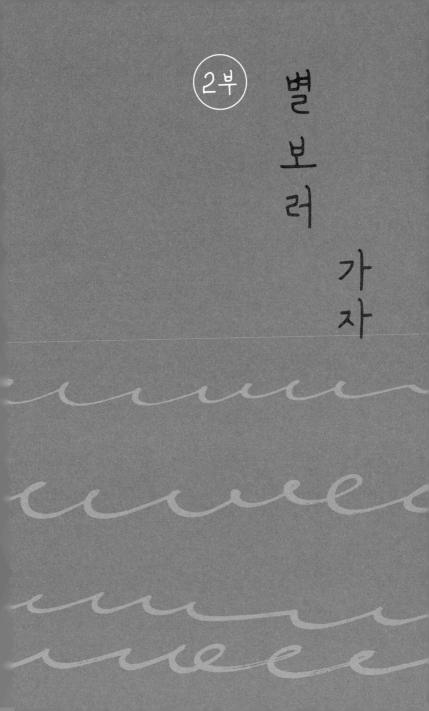

2부

별
보
러

가
자

만추여행

가을 가지에 걸린 인생들, 멀리 가지 않아도 스스로가 가을인데, 굳이 가을 찾아 여행을 떠난다.

고등학교 동창들. 사람과 사람 사이 인연의 끈이란 어찌나 질긴지, 무려 반세기 전에 같은 학교를 다녔다는 이유 하나만으로 오늘도 모인다. 평소에는 산으로 당구장으로 골프장으로 주막으로 삼삼오오 몰려다니다가, 일 년에 한 번, 늦가을에 다 함께 1박 2일로 만추晩秋 여행을 떠난다. 그 역사가 벌써 13년이라는데, 나는 지난해에 이어 두 번째 참가다. 역사를 시작한 친구들에게, 그것을 이어가는 모두에게, 박수를 보낸다.

작년은 경북 안동에서 시작해 포항을 거쳐 동해안 해안도로를 타고 삼척에 이르는 일정이었다. 올해는 강원도 평창 일원을 유람한다. 동계올림픽 경기장, 대관령 하늘목장, 월정사, 상원사, 효석문학관……. 누가 짰는지 일정 한번 소담하다.

아픈지 바쁜지 세상에 무심해졌는지 작년에 보았던 친구 몇 명은 보이지 않고, 한걸음 멀어진 친구가 있는가 하면 한 발짝 다가온 친구도 있다.

겨울을 준비하는 산맥은 품고 있던 가을물秋水을 계곡에 흘려보내고, 낙엽 진 잔가지 위에 힘 빠진 가을빛이 내려와

졸고 있다. 만추여행이라지만 오대산 월정사, 상원사는 이미 겨울 속에 있다. 말 없는 계절의 변화 가운데 침묵의 흐름을 느낀다. 하루를 여행하며 하루를 함께 늙어간다. 이렇게 함께 있는 것만으로도 충분히 기쁘고 행복하다.

그런 사이, 어느 친구 아내가 하늘나라로 떠났다는 소식이 전해져 잠시 일행의 마음을 무겁게 만들기도 한다.

언제 불러내도 만만한 상대가 있다.

나와 사정이 비슷한 사람들이 있다. 서로 뿌리가 같다고 느끼고, 내가 닮고 싶기도 하고, 서로 닮은 것 같기도 하고, 혼자 풀기 어려운 문제에 봉착했을 때 만나러 찾아가는 존재가 있다. 문제에 바로 해답을 주지는 못해도, 그것을 털어놓고 말하는 것만으로 마음이 한결 풀리는 사람이 있다.

그런 사람들끼리 모인 집단을 준거準據집단이라고 한다. 행동의 기'준'이 되고 근'거'가 되는 집단이랄까. 그 집단 안에 있을 때 마음이 편하고, 그들이 하는 대로 함께 따라 해야 옳은 것 같고, 그렇게 함으로써 나 자신의 심리적 갈등을 줄인다.

가장 전형적인 준거집단이 동창회 아닐까. 같은 시기에 같은 학교를 다녔다는 세대적 동질감으로 '우리는 (언제나) 같다'는 믿음을 갖는다. 이토록 거대하고 다양한 세상에서 '저 녀석은 나랑 가장 비슷할 것'이라는 느낌을 공유하는 것이다.

문제는 준거집단이 항상 평화롭지만은 않다는 사실이다.

어느 조직이든 '나는 다르다'는 목소리를 유독 앞세우는 사람이 존재하기 마련이다. 그들이 잘못되었다는 말이 아니다. "내 기준과 근거는 당신들과 달라"라고 강조하는 존재가 있어 집단 구성원들의 속을 뒤집어 놓고 분란을 일으키기도 하지만, 쓰디쓴 약을 달래주는 '감초' 같은 존재랄까. 곱게 보아주는 것이 순리다. 우리 동창회에도 분명 감초들이 있지만 그리 많지 않고 도드라지지 않는다. "너는 우리와 다르니까 빠지라"고 말하지 않아, 유연하게 '준거'를 형성하는 것 같다.

만추여행의 일정으로 모두 유람선에 올랐다. 온화한 가을빛에 몸을 담근다.

주위를 둘러보니 삼삼오오 도란도란 이야기를 나누고 있다. 듣거나 말거나 약장수 입담으로 떠드는 친구가 있고, 작년에 왔던 각설이 타령을 하듯 여기서도 "왕년에 말이야" 하면서 자랑하는 친구도 있으며, 사진 봉사활동 나온 것처럼 계속 친구들 얼굴만 찍어대는 친구도 있다.

그러거나 저러거나 내버려둔다.

굳이 끼어들어서 하지 말라 말리지 않고, 입을 삐죽거리며 욕하지도 않는다. 재미없는 이야기를 무표정하게 들어주는 친구가 있고, 아무 말 없이 한쪽에서 자기만의 시간을 즐기는 친구도 있으며, 살짝 목소리를 높여 빠르게 이야기를 주고받는 친구도 있다. 그런 것들이 다 함께 자연스레 어울린다. 어쨌든 공통점은, 그저 함께 있는 것만으로도 행복하다는 표정들이다.

이렇게 살아있다는 사실 때문에 서로가 고맙다. 살아있어 올해도 모임에서 얼굴을 봤다는 이유만으로 고맙고 갸륵하다. 여기에 있는 나 자신이 기특하다.

가을이 익어간다. 하늘나라에 먼저 간 사람의 명복을 조용히 빌어본다.

잃어버림에 대하여

내 여행은 '분실'과 동행한다.

집 안에서 잃어버린 물건은 그냥 내버려 두어도 언젠가는 나타나지만, 여행 중에 잃어버린 물건은 사정이 다르다. 다시 찾을 가능성도 낮고, 모처럼 떠난 여행 기분도 망친다.

호텔 방을 나올 때, 서랍, 화장실, 옷장, 침대, 이불 밑, 두세 번의 치밀한 검열을 용케 빠져나간 분실물은 나를 한심하게 만든다. 에이 모자란 놈, 칠칠치 못하게.

나이가 들면서 스스로 '분실물 쿼터 제도'라는 것을 도입했다. 여행 중에 한두 가지 잃어버리는 일쯤이야 '오케이' 하면서 마음의 평화를 유지하는 방법이다. 그런데 얼마 전 그런 '쿼터'의 한계를 훌쩍 뛰어넘는 대형 사고가 하나 생겼다.

중국 초원으로 가을을 마중 나갔다.

청나라 강희제의 사냥터였다는 우란웨이창木蘭圍場이 최종 도착지였다. 행정구역 상으로는 중국 허베이성이지만 네이멍구자치주와 경계를 이루고 있어 베이징에서 500킬로미터 거리나 떨어져 있다. 혼자 여행하기에는 꽤 먼 거리인 데다 중국의 오지라 여러 명이 함께 갔다. 중국 역사와 여행에 푹 빠져 있는 옛 회사 동료, 다재다능하고 바지런한 젊은 친구, 회사에 있을 적에 내 운전기사였던 중국 친구, 그리고 나, 이렇게 넷.

평온한 시간이었다. 자동차 스피커에서 흘러나오는 음악을 들으며 느긋하게 쉬며 졸다가, 유정한 경치를 만나면 차를 세워 사진 찍다가, 동행한 친구의 중국 역사 강의가 시작되면 정신을 집중한다. 밥 때가 되면 허름한 농가 식당에 들어가 가지볶음, 돼지고기, 두부요리, 채소무침에 흰밥 한 그릇, 그리고 중국 바이주 한두 잔. 푸짐하게 한 상 차려도 넷이서 한국 돈 3만 원 정도면 충분한다. 중국 인심은 많이 야박해졌다지만 시골 인심은 아직 견딜 만하다.

어둑어둑 해질 무렵 목적지에 도착했다. 그런데 짐을 확인해보니 카메라 가방이 보이지 않는다!

중간에 사진을 찍으러 나갔다 돌아올 때, 카메라만 어깨에 걸치고 가방은 어딘가에 두고 온 모양이다. 워낙 칠칠치 못하다 보니 여행을 다닐 때면 동료들에게 "내 물건 좀 잘 지켜봐주시오" 하고 부담스런 감시원 역할을 부탁하곤 하는데, 이번에는 동행했던 일행들도 경치에 넋을 잃었는지 내 가방이 눈에 띄지 않았던가 보다. 서로 멍하니 '웬일인가' 하는 표정들이었다.

카메라 렌즈, 중국 운전면허증, 현금으로 들고 갔던 여행 경비, 선글라스, 촬영에 필요한 각종 액세서리 등이 몽땅 사라졌다.

사진에 입문할 때 선물 받은 그 가방은 아직도 잊지 못한다. 다른 건 다 가져가도 좋으니 가방만이라도 돌려주었으면 좋겠다고 희미한 기대를 가져보았지만 결국 미련을 버렸다. 그래도 '이쯤 잃어버려도 좋다'는 분실의 쿼터치고는 꽤 큰 타격이었다.

살다 보니 우리 인생이 지금 이 생에서만 끝나지 않을 것 같다는 생각을 하게 된다. 이 생의 저 편에 다음 생이 있고, 저 생의 다음에 또 다른 생이 있을 것만 같다. 인생을 흔히 여행에 비유한다. 어쩌면 이어지고 이어지는 숱한 여행 가운데 지금 하나를 지나가는 중일 테다.

무릇 여행은 크고 작은 분실과 함께하며 추억으로 남는다. 잃어버린 것은 어쩔 수 없는 일. 모든 것이 끝나버린 듯 애달파할 필요가 있을까, 하고 스스로 위로한다. 이번 생에 무언가 부족했다면 다음 생에 찾으면 된다는 체념으로 조금 담담할 필요가 있겠다는 생각마저 해본다. 대신 동요하지 않고, 다시 일상을 유지하는 평정심이 중요하다.

소중한 가방을 잃어버렸다고 하늘이 무너진 듯 낙담했는데, 그깟 가방 없어도 좋은 여행 잘 마쳤고, 지금도 잘 살고 있다. 사는 일이 다 그렇지, 뭐.

EP. 3

유럽까지 직업병

프랑스 유람. 첫 번째, '유람단'

늘그막에 배운 사진에 뭘 더 보태보겠다고 '사진 아카데미' 라는 곳까지 등록했다. 어딜 가나 최고령인 신세는 거기서도 마찬가지였는데, 어느 날은 동학同學들끼리 프랑스 남부 도시 아를에서 열리는 국제 사진 페스티벌에 단체 관람을 다녀오자 는 것이다. 설마 늙은이도 끼워줄까 싶어 시큰둥했는데, 영광 스럽게도 팔팔한 청춘들의 '사진 유람단'에 합류하게 되었다.

예전에는 앞에서 누군가 깃발 하나 들고 '따라오세요'라는 식의 여행단을 보면 사실 좀 촌스럽다는 생각마저 했었다. 내 가 그런 단체 관광단의 일행이 될 줄이야.

무리 지어 다니는 여행에 익숙하지 않고, 하루에 한 끼는 꼭 곡기穀氣를 채워야 하는 오래된 식습관 때문에 프랑스로 날아가는 열두 시간 비행이 좀 난코스이긴 했다. 그래도 여행 은 돈을 주고 불편을 사는 일 아니던가. 이런 것도 좋은 경험 이겠거니 하며 웃었다.

게다가 프랑스 파리에서 유학한 사진 아카데미 작가님이 직접 인솔하는 여행이다.

사진을 배우는 입장에서 이보다 소중한 기회가 어디 있겠 나. 사진 페스티벌 구경이 메인 테마이고, 프랑스 곳곳에 있는 미술관과 성당, 유명 관광지를 둘러보는 기회가 덤으로 끼어 있다. 열흘간의 유람 일정. 일행에게 짐이나 되지 말자는 생각에 '깃발 따라' 뒤꽁무니만 졸졸 열심히 따라다녔다. 그것이 이 팀에서 할 수 있는 최고의 공헌이라는 생각에.

#프랑스 유람. 두 번째, 평화.

빼내는 기술은 투박하지만 들켜도 뻔뻔하기 이를 데 없다는 유럽의 소매치기 이야기는 귀가 닳도록 들었다. 여행 떠나기 전, 딸이 어찌나 단단히 주의를 주던지.

"아빠, 한눈팔지 말고, 좀!"

무뚝뚝하고 무섭다는 유럽의 공공화장실 종업원 이야기, 영화 〈배트맨〉 주인공 표정을 한 채 무뚝뚝하게 내달린다는 택시 운전기사 소문도 익히 들었다.

여행이 풍경을 감상하는 기회일 뿐 아니라 사람을 겪는 일이라 한다면 단체관광은 좀 시시한 측면도 있는 것이 사실이다. 안정된 플랫폼 안에 머물면서 의외의 변수나 나만의 경험이라는 기회를 스스로 차단한 꼴이니까. 그렇지만 큰 욕심 내지 않고, 이것저것 호기심을 자랑하다 괜히 단체에 민폐 끼치지 않고, 이번 여행은 그저 관조하는 시선으로 따라가기로 했다. 잘 따라가기만 해도 충분히 의미를 찾는 여행이니까.

질서, 조화, 평화.

뒤에서 적당히 밀어주는 소극적 자세도 때론 중요하다.

프랑스 유람. 세 번째, 블루

프랑스는 과거를 꿈꾸며 살아가는 사람 같다. 잘 먹고, 잘 놀기 위해 사는 사람 같다.

세월과 속 깊은 대화가 이어지는 골목이 있고, 마을마다 하느님의 집(성당)이 있고, 창문 창살 문양이나 가로등, 발코니, 수도꼭지 하나까지 똑같은 것이 없는 듯 분방한 개성이 넘친다.

여기서 사용하는 철은 두껍고 무거운 것이 아니라 가볍고 부드러운 아름다움이 느껴진다. 차가운 물질도 따뜻하게 녹여내는 '다정한 블루'같은 느낌이 프랑스에는 있다.

카페 테라스 의자에 몸을 기대고 앉아 느긋하게 주위를 둘러본다. 플래카드, 난잡한 간판, 네온사인, 고압전신주, 하늘을 거미줄처럼 가로지르는 전깃줄 같은 시각적 소음이 없으

니 우선 편안하다. 음식도 달콤하고.

울긋불긋 요란하지 않고 자연에 가까운 색감이 좋다. 이방인에 대한 포장된 친절보다 약간 무뚝뚝한 느낌도 좋다. 마음이 편안해서 그런가. 프랑스의 모든 일상이 여유롭고 느긋하게 다가온다. 불편해도 너그러워진다.

프랑스 유람. 네 번째, 모모.

단순화, 획일화, 편리함이 발전이고 개선이라고 배우고 가르치면서 살았다.

평생을 그렇게 살았다. 소처럼 일만 하며 살아온 것을 인생의 자랑거리로 여기면서 목에 잔뜩 힘을 주던 늙은이가 이곳 프랑스에서 문득 혼란스럽고 작아진다. 내가 살아온 것은 다 무엇이었나. 그것들은 과연 어떤 의미가 있었나.

그래도 누가 뭐래도 진짜배기 인생은 슬픔과 아픔을 이겨내는 것. 거기에 아름다움이 있는 것이라고 스스로 위로한다. 능수능란하고 완벽한 삶은 어디에도 없는 것이라는 생각을 하면서 툴툴 자리를 털고 일어난다.

프랑스표 에스프레소가 쌉쌀하고 맛있긴 한데 벌써 한국의 아메리카노가 그리워지는 이 마음은 또 뭐람.

프랑스 남부 도시 니스 사진을 SNS에 올리면서 친구들에게 자랑한다. 에밀 아자르 소설 『자기 앞의 생』에서 주인공 모모가 그토록 가고 싶었던 '천국의 도시'가 바로 니스다. 나중에 귀국해서 친구들에게 한껏 자랑할 생각에 벌써 흠뻑 들떠 있다. "너희들, 니스는 가봤냐?"

맥락 없이 노래를 흥얼거린다.

"인간은 사랑 없이 살 수 없다는 것을 모모는 잘 알고 있기 때문이다."

1970년대 말 유행했던 '모모'라는 노래의 가사인데, 각박했던 그 시절에도 이런 따뜻한 노랫말이 있어 지금껏 살아왔지 않았나 싶다. 끼적끼적 이런 이야기를 적어서 또 SNS에 올려본다.

프랑스 유람. 다섯 번째, 작품.

"중후장대重厚長大. 무겁고 두껍고 길고 큰 것이 철의 속성
이에요. 그런데 프랑스에 와보니 이곳 사람들은 가볍고 날렵
하고 부드럽게 철을 다루는 특이한 재능이 있는 것 같아요.
개 눈에는 뭐만 보인다고 평생 철로 밥 벌어 먹고 산 내 눈에
는 이런 차이가 우선 눈에 들어오네요."

일행들 앞에서 늙은이의 꼰대 같은 이야기를 꺼냈다.

프랑스에 와서도 사진기 들고 기껏 '쇠붙이'만 잔뜩 찍어대
는 나를 보고 작가 선생님께서 "김 선생님은 역시 직업병이시
다" 하고 이미 깔깔깔 한판 웃은 바 있다.

"한국에서 냉면을 가위로 싹둑 잘라내는 모습을 보고 외국
인들은 신기하다고 말해요. 혹은 '길게 뽑은 면발을 왜 굳이
다시 자르느냐'고 묻기도 합니다. '그러려면 처음부터 면발을
짧게 만들 것이지!' 하는 눈빛으로 말이에요. 가위를 인류 역
사상 유래 없는 기상천외한(?) 용도로 사용하는 민족이 바로
우리 한민족입니다. 가위로 음식 자르는 풍속은 우리가 전 세
계에 유행시켰다고 하더군요. 뭐 우리야 '가위로 자르면 쉽고
편하지 않나요?' 하면서 무심히 대답하지요."

갑자기 냉면 이야기를 꺼냈더니 일행이 의아한 눈빛으로

나를 바라본다. 프랑스까지 와서 웬 냉면?

"냉면 면발이 아니라 철재를 저렇게 잘게 잘라서 조각내고, 그것을 다시 용접해 에펠탑을 만들었습니다. 탑 아래에서 한참을 멍하니 올려다봤어요."

아하, 에펠탑 이야기하느라고 냉면까지 꺼내 들었구나, 하는 눈빛으로 일행의 얼굴에 재밌다는 표정이 번진다.

"좋든 싫든 한국 철강업의 사부님은 일본인데, 우리는 거기서 기술이고 뭐고 다 배워왔어요. 일본이 1958년에 도쿄타워를 완성했습니다. 그때 파리 에펠탑의 60% 수준으로 9미터나 높은 타워를 만들었다고 한껏 자랑했지요. 그게 어디 자랑입니까. '물감 적게 쓰고 더 큰 그림 그렸다'고 자랑하는 꼴이에요."

이번엔 일행들이 깔깔깔 웃는다.

"대상을 바라보는 사고 자체가 달랐던 겁니다. 일본은 기술력이나 효용성, 기능성 차원에서 도쿄타워를 만들어 자랑했던 거고, 프랑스는 에펠탑을 '작품'으로 보고 만들었던 겁니다. 그래서 지금도 기술이 아니라 예술로 존경받는 거고요."

그제야 일행들이 고개를 끄덕끄덕한다.

"돌아보면 우리는 일본과 뭐가 달랐습니까?"라는 말을 하고 싶은데, 그랬다가는 진짜 꼰대 소리 들을까 싶어 이쯤에서 이야기를 멈춘다. 일행 가운데 유일하게 철강업에 종사했던 사람으로서, 프랑스 파리에서 나만의 '에펠탑 철강학 강의'는 그렇게 마쳤다.

확실히 병은 병인가 보다. 직업병. 회사를 나온 지 벌써 꽤 오래되었는데 아직도 종종 그 병이 도진다.

프랑스 유람. 여섯 번째, 빈센트.

그다지 크지 않은 마을이 흥과 이야기로 웅성거린다. 나지막한 언덕 위 고대 로마 유적지, 중세기 광장, 비운의 화가 빈센트 반 고흐의 흔적이 여기저기 그대로다. 매년 이맘때, 남프랑스 아를은 국제 사진 페스티벌로 부산해진다.

1960년에 처음 시작했다고 한다.

중세 성당, 수녀원, 오래된 유적, 빈센트 반 고흐가 요양한 병원이 그대로 전시장이 되고, 적당히 걷기 좋은 거리에 전시장이 위치해 관람과 관광이 자연스럽게 연결된다.

오늘은 여행 짐 풀고 싸고 나르는 일이 없어 그대로 이 지역 주민이 된 느낌이다. 유네스코 세계유산으로 등록된 생 트로핌 성당에 아침부터 찾아가 기도드리고, 사진작가 선생님과 함께 골목을 거닐며 사진에 대한 설명 듣고, 노상 카페에 커피 한 잔 주문하고 앉아 눈에 들어오는 풍경을 해석 없이 음미한다. 걸어 다니는 사람보다 앉아있는 사람이 더 많은 길이라서 그런가. 영원히 이 자리에 앉아있을 것만 같다.

골목골목은 엊그제 다녀온 아비뇽 시가지보다 나지막하여 오가는 사람들의 키가 훨씬 커 보인다. 창문으로 잠깐 얼굴을 내미는 주민들의 얼굴은 이웃마냥 정겹다.

1888년 빈센트 반 고흐는 파리 생활에 염증을 느껴, 태양을 찾아 이곳 아를에 내려왔다 다음해 5월까지 머문다. 고갱과 공동생활, 그리고 파경, 정신병 발작, 입원, 자기 왼쪽 귀를 자른 사건……. 잘 알려진 역경 속에 불같은 작품 활동을 하면서 200여 점의 작품을 남긴다. 무엇 하나 거를 것 없는 세기적 명작들을.

"하늘은 믿을 수 없을 만큼 파랗고 태양은 유황색으로 반짝인다. 천상에서나 볼 수 있는 푸른색과 노란색 조합은 얼마나 부드럽고 매혹적인지." 빈센트가 동생 테오에게 보낸 편지다.

고흐의 편지를 모은 책을 여기까지 들고 와 읽는다. 그것도 아를에서 썼던 사연만 찾아 읽는다. 고흐가 태양을 찾아이곳 아를에 왔던 것이 아니라 아를이 지친 그를 따뜻하게 품

어준 것은 아닐까. 아를에 오니 그런 것만 같다. 세상만사 우연이 아니라 인연이라는 생각이 나이와 함께 굵어진다.

오랜 세월 숱한 사람이 손가락을 그으며 지나갔을 골목 벽, 원형경기장, 석조물, 주황색 지붕, 사이프러스 나무, 그리고 론강……

문득 돌아보니 햇살이 그늘 아래 울고 있었다. 고흐가 봤을 그 햇살.

프랑스 유람. 일곱 번째, 그레우레방

계산이나 계획이 딱 맞아떨어지는 것도 뿌듯하지만 때로 예상치 못한 울림이 더 큰 법이다.

오늘은 아를을 떠나 무스티에 생트 마리라는 마을을 향해 출발했다. 버스로만 5시간 소요되는 거리. 그런데 버스 기사 양반, 고속도로 출구를 잘못 지나쳐 버렸다. 우연찮게 찾아간 곳은 아담하면서도 소담스러운 어느 시골 마을. 이왕 이렇게 된 것, 여기서 식사나 하자고 했다. 그런데 기대치 않게 식당 요리는 왜 또 그렇게 훌륭하던지!

식사를 마치고 포만감에 젖어 주위 풍경을 찬찬히 둘러본다. 책 싸들고, 한두 달 여기서 아무 생각 없이 지내고 싶은 마음, 나뿐만 아니었으리라.

"도대체 여기가 어디요?" 그때야 물었고, 식당 주인장에게 명함까지 받았다.

내 인생에 다시 찾을 수 있을지는 모르겠지만 다음 생에라도 머물다 가고픈 마을이다.

마을 이름은 '그레우레방'.

프랑스 유람. 여덟 번째, 별.

보석같이 숨어있는 마을, 무스티에 생트 마리.

산이 깊고 길이 좁아 사람 발길이 뜸했으나 프랑스에서 가장 예쁜 마을 톱10에 선정되면서 우선 유럽인의 발길이 늘어났다. 그리고 대한항공 CF에 등장하면서 한국에서도 여행 문의가 빗발쳤다고 현지 가이드는 말했다. 유럽의 그랜드캐니언이라 불리는 베르동 협곡이 있고, 청자빛 인공호수 생트크루아가 있고, 스쳐 지나가는 관광지라기보다 '여기서 좀 쉬었다 가세요' 하면서 발목을 붙잡는 여러 매력이 있다.

베르동 협곡으로 넘어가는 산길은 차선도 없고 비좁아 반대편에서 차가 오면 그때마다 멈춰서야 한다. 해발 1,500미터에 달하는 꼭대기를 향해 구불구불 버스는 계속 달렸다. 비틀비틀 위태위태, 속이 다 울렁거린다. 숙소도 그리 충분치 않아 보였는데, 호텔이든 버스든 일단 풍광에서 모든 것을 보상받는다. 무스티에 생트 마리는 '별이 지지 않는 마을'이라는 뜻이라는데, 과연 별이 지키는 마을 같은 신비로움과 아늑함이 있다. 골목을 사이에 두고 여기도 사람이 살고 있었네, 싶은 집들이 오밀조밀 별처럼 모여 있다.

단체여행의 백미인 '자유시간'이 주어졌다.

골목길을 천천히 걸으며 사진을 담는다.

아비뇽이나 아를과는 다른 색깔의 햇살이 부드러운 석양 노을과 어울려 춤춘다. 초록초록한 나무숲과 옥색으로 빛깔을 바꾼 생트크루아 호수의 물결, 코발트빛으로 아직 새파란 하늘이 거기에 함께 어울린다. 사진보다는 가슴에 풍경을 담는다.

프랑스에서는 사람이 식당에 맞춰야 한다. 단체여행이 나흘째를 넘어서니 '유람단' 일행 사이에도 이젠 낯가림이 없어지고, 이번 여행에서 이미 본전은 건졌다는 안도감 때문인지 다들 낯빛이 여유롭다. 자유시간이 주어졌는데 다들 약속이나 한 듯 식당 옥상 테라스에 모였다. 한 순배 돌아간 포도주

때문인지 저무는 노을 때문인지 다들 얼굴은 석양빛을 닮아
간다.

"인생이란 말이에요. 한 잔의 소주에요."

누군가 말이 될 법한, 되지 않을 법한 취중 시어를 읊는다.

마냥 노을을 바라보며, 아무도 거기에 대꾸하지 않는다.
나 홀로 그저, '와인을 마시면서 왜 소주를 생각하실까' 하고
중얼거린다. 물론, 들리지 않게.

프랑스 유람. 아홉 번째, 미로.

계획대로라면 어제 무스티에 생트 마리에서 묵어야 했는데
일정이 바뀌었다. 이런 것도 역시 여행의 맛이지 하면서 조용
히 따라나섰다. 나 같은 늙은이는 일행에게 짐이나 되지 않으
면 최고의 역할을 하는 것이라는 첫 마음을 돌아보면서.

버스도 나도 함께 흔들리며 잠잘 곳을 향해 떠났지만 마음
은 한사코 따라오지 않는다. 자정 가까워 어느 산골 호텔에
도착했다. 오늘 일정은 비로소 끝인가 했더니 아직 여정이 남
아 있었다.

가이드가 건네준 201호 '열쇠'를 받았다. 호텔에서 카드가

아닌 '열쇠'를 받는 것도 실로 오래간만에 겪는 일이다. 프랑스는 이렇게 늘 새로운 경험을 제공한다.

어쨌거나 2층에 올라갔는데 이번에는 201호로 향하는 표식이 보이지 않는다. 있어야 할 곳에 있을 것이 있지 않으면 불안해진다. 프랑스는 늘 이런 식이다. '알아서 찾아가라'는.

다시 로비로 내려갈까 하다가, 늙은이가 주책맞게 자기 방도 찾지 못한다고 흉볼까봐 나 홀로 (그리 넓지도 않은) 2층을 방황했다. 복도 끝에 벽 같은 문이 있어 그걸 밀고 들어가니 아무것도 없고, 거기서 좀 망설이다 다른 문을 하나 더 열고 들어가니 새로운 복도가 나왔다. 그 복도의 끝에 201호가 있다. 이건 무슨 미로 찾기도 아니고, 서대문형무소도 아니고, 복도 사이에 무슨 문이 이렇게나 많단 말인가. 알 수 없는 일이다.

비로소 열쇠를 꺼내 문을 열려는데, 이번에는 전등불이 홀연 달아나버린다. 복도는 순식간에 암흑천지가 됐다. 전기를 절약하기 위한 목적이라지만 이건 또 무슨 애견 훈련인지……. 열쇠를 구멍에 꽂을 시간 정도는 줘야 할 것 아닌가. 심청이 아버지 심 봉사가 더듬더듬 문고리를 찾는 식으로 겨우 구멍을 찾아내 방문을 열었다. 방문 하나 열기까지 이렇게 힘든 여정이 필요하다니. 참을 인忍자를 몇 번은 곱씹었다.

한밤중에 이게 무슨 짓인지.

그리고 맞이한 아침.

바깥세상이 궁금해 창문을 연다. 빛을 가린 커튼 걷고, 바람 막는 유리창 열고, 더위 막는 나무 덧개문까지 들춰 올린다.

풍경이 한눈에 들어온다.

햇살이 방 안으로 쏟아져 들어온다. 시원한 공기가 함께 밀려들어온다. 지난밤의 미로는 이것으로 충분히 보상받았다고 기뻐한다.

다시 도시로 돌아가 하찮은 노여움과 헛된 욕망에서 한 발자국 물러나고 싶을 때마다 오늘의 이 감각을 되돌아보기 위해 깊은숨을 들이마신다. 이 햇살, 이 공기, 이 촉감!

프랑스 유람. 열 번째, 서울.

예술이란 아름다움을 소유하려는 행위 아닐까. 사진을 찍는 일도 마찬가지인 것 같다. 앞에 놓여있는 풍광이나 피사체, 아름다움을 '소유'하기 위해 찍는다. 여기서 소유란, 마음으로 그 아름다움을 닮아보려는 것이기도 하다.

그런데 사진기는 너무 완벽해서 탈이다. '찰칵' 하는 순간에 아름다움을 송두리째 뺏어온다. 조금도 빈틈을 남겨놓지 않는다. 하나도 놓치지 않고 그대로 옮긴다. 화가는 사물을 응시하고 생각하며 며칠간 그림을 그리는데, 사진은 그럴 필요를 망각하게 만들어서 문제고 함정이다. 전체를 단번에 알아버리면 쉽게 싫증이 나고 버림받는다. 드라마나 소설 속 비련의 커플처럼.

그러니 아무리 찬란하고 근사해도 느낌이 없는 피사체는 찍고 싶지 않다. 찬찬히 보고 살피면서, 그 속에서 느낌과 이야기, 그리고 글감을 찾아 먼저 마음에 담고 그 뒤로 사진을 찍는다. 좀 느리더라도 그것이 낫다. 그런 습관을 들이기 위해 나름대로 애쓴다.

사진을 막 배웠을 때는 이것저것 막 찍었다. 이른바 난사亂射라고 부른다. 기관총을 쏘아대는 것처럼 여기저기 막 갈기다 보면 하나는 건지겠지 하는 생각으로 사진을 찍었다. 그런 욕심을 누르기까지 적지 않은 시간이 걸렸다.

집에 돌아와 프랑스에서 찍었던 사진들을 '점검'한다.

그냥 막 찍은 사진이 아직 많고 많구나. 여전히 '수련'이 필요함을 느낀다. 손에서 카메라를 놓는 날까지 계속될 수련이겠지.

프랑스에서 찍었던 사진들과 한국에 돌아와 찍은 사진이

복잡하게 뒤섞인다.

네온사인, 간판, 현수막, 전봇대, 전선줄, 옥상 위의 옥탑방, 빨랫줄, 임대문의, 왕창세일, 접시안테나, 그리고 산 위에서 내려다보면 공동묘지처럼 보이는 교회 십자가……. 그래, 나는 서울로 돌아왔다.

언제 다시 한 번 가볼지 모르겠지만 프랑스에서의 추억들을 되돌아본다. 그리고 지금 여기가 내가 살아가야 할 곳임을 자각한다. 거기에서 사진으로 담은 것들이 있고, 여기에서 또 여기 나름대로 사진으로 기록할 일상과 풍경이 남아 있다.

생폴 드 방스의 공기는 아직도 그립다.

할아버지는 포토그래퍼란다

오키나와 단상.

여행을 떠나기 전에 여행지에 대한 사전 지식이나 정보를 챙겨가지 않는다. 의식적으로 그렇게 한다. 이미 알고 있는 사실, 잘 알려진 정보, 남들 가본 곳을 인증하듯 찾아가는 여행은 한번 본 영화를 다시 보는 느낌이다(물론 좋은 영화는 보고 또 봐도 좋긴 하다만).

웬만한 정보는 인터넷에 차고 넘치고, 유튜브를 열면 세계 어디 풍경이든 영상으로 미리 살펴볼 수 있는 세상이 되었다. 그런 관점에서 봤을 때, '굳이 피곤하게 여행은 왜?'라는 의문마저 나올 법한 시대를 살고 있다. '나 여기 다녀왔소'라고 자랑하기 위해 다니는 여행, 촌스럽게 차렷 자세로 서서 기념사진 찍고 돌아오던 1970년대식 여행을 추구하는 것이 아니라면 지식이나 정보는 좀 비워두고 가도 좋지 않을까. 어떤 여행이 반드시 옳다는 말은 아니다. 그냥 나 홀로 그렇게 생각할 따름. 그리고 각자 즐기기 나름이다.

어쨌든 나는 모르는 상태에서 찾아나가는 즐거움이 좋다. 여행하다 갑자기 부닥치는 우연성이 즐겁다. 준비물을 철저히 하는 것보다 뭔가 하나 빠뜨려 현지에서 어렵사리 조달하는 에피소드가 더 오래 기억에 남는다(내 여행의 동행자들이여,

그렇다고 이 몸이 일부러 하나씩 빠트리는 것은 아니니 의심은 거두시라).

오키나와도 그런 상태에서 갔다.

겨울철 우리 프로야구 선수들이 동계 훈련을 떠난다고 할 때 오키나와로 간다는 말을 자주 들었고, 고구마로 만든 소주가 유명하다는 말도 익히 들었고, 한반도 유사시에 미군 전투기가 발진하는 곳이 오키나와라고 알고 있었다. 일기예보에 "이번 태풍은 오키나와 북단에서 발생해……"라고 말하는 식으로, 참새가 방앗간 들리듯 태풍이 꼭 지나가는 섬이라는 정보 정도만 알고 있었다.

섬에는 어떤 나무가 살고 있는지, 섬사람들은 무엇을 하면서 살아가는지, 향토 음식은 무엇인지, 가옥 구조는 어떻게 되는지, 주로 어떤 색이 많은 섬인지, 아이들은 어떻게 교육하는지……. 아무것도 모른 채 떠났다. 출국하기 전 며칠 동안 그저 마음속으로 상상하면서 즐거웠다. 내 마음대로 오키나와를 아무렇게나 그려보았다.

홍콩에 사는 큰딸네 가족이 연초부터 계획한 여행이었다.

행복한 여행이란 뭘까?

'떠났다'는 것 자체로 여행의 목표를 이미 달성한 여행이 최고의 여행, 행복한 여행 아닐까 싶다. 어디서 뭘 먹고, 자고, 누굴 만나고, 그런 것도 행복이지만, '떠났다'는 자체로 환호성을 지를 수 있는 여행! 그렇다면 그 뒤로 이어지는 스케줄은, 이미 목적을 달성했으니, '플러스 알파'인 셈이다.

큰딸네 식구들은 이미 목표를 달성한 듯싶었다. 빠듯한 직장생활에서 벗어난 자체로 여행의 목적 지점에는 이미 도착한 것이다. 나머지는 온전히 보너스. 어떤 일이 벌어지든, 어떤 곳에 가든 상관하지 않는 낙천성은 거기서 비롯되지 않았을까 싶다.

7호 태풍 프라피룬이 제주도를 할퀴고 부산 쪽으로 방향을 틀고 지나가는 날, 오키나와로 가는 비행기에 올랐다. 4박 5일 일정을 되돌아보자면 도착한 날 폭우, 둘째 날 비바람, 셋째 날 잔뜩 흐림, 넷째 날 습기를 잔뜩 머금은 구름, 귀국하는 날 폭염. 여행하는 날씨로는 최악의 연속이었다. 그래도 큰딸네 가족은 내내 웃었다. "짧은 시간에 변화무쌍했네" 하면서 기막힌 날씨를 손가락질하며 하하하 호호호 크게 웃었다. 그러면 됐지 않은가. 게다가 모처럼 가족이 함께한 여행인데.

"그때 가봐야 안다."

섬사람들에게 날씨를 물으면 종종 이렇게 말한다. '일기예

보'는 육지 사람들에게나 해당하는 용어다. 섬사람들에게 날씨는 '예측'의 대상이 아니다. 언제 어떻게 변할지 모르기 때문에 언제나 조심하고, 섣불리 단정하지 않는다. 그저, "그때 가봐야 안다"고 겸손하게 (혹은 시큰둥하게) 말한다.

섬 날씨는 '적당히'가 없다. 바람이 불면 세상을 날려버릴 것처럼 거세고, 비가 한번 내리면 억수로 쏟아 붓고, 햇살이 쏟아지면 익을 듯 덥고, 추우면 또 혹독하게 춥다. 섬에는 '대충'이란 것이 없다. 인정사정없다.

그래서인지 섬사람들은 멋을 내지 않는다. 언제 어떻게 될지 모르는데 예쁘게 꾸미고 장식할 이유가 없는 것이다. 사람뿐 아니라 조형물을 봐도 꾸미지 않고 단순하다. 어차피 벗겨질 것이니, 색으로 덕지덕지 치장하지 않는다. 단색으로 강렬하게 처리한다. 불필요한 간판이나 홍보물도 내걸지 않는다.

오키나와는 유난히 빨간 지붕이 많다. 대담하고 자신감이 넘치는 빨강이다.

지도를 펼쳐보니 장마철에 우리나라로 향하는 태풍은 대부분 오키나와를 경유한다. 그런데 한반도로 향하는 길목에 골키퍼가 떡 지키고 서 있다. 그것이 한라산. 한라산이 한반도로 향하는 태풍을 온몸으로 막아 우회하도록 만드는 것이다. 그런 '바나나킥'으로 태풍은 일본 열도로 방향을 꺾는다(펴 고

마운 한라산!).

오키나와는 태풍의 섬이다. 이름도 얻지 못한 작은 태풍이 시도 때도 없이 놀고 지나간다. 그런 태풍을 '생활'로써 겪으며 아무렇지도 않게 어울려 살아가는 사람들이니 "그때 가봐야 안다"는 말을 입버릇처럼 달고 다니는가 보다. '적당히'와 '대충'을 모르는 빨강도 그래서 사랑하게 된 것 같고.

특별한 근거가 없는 나만의 생각이지만, 틀리면 또 어떤가. 그냥 이런 것이 여행의 맛이라고 생각하는 거다. 여행 논문 쓸 것도 아닌데.

깊은 잠자고 일어나 커튼을 열어보니 어제저녁 하늘은 간데없고 비바람만 몰아친다. 역시 섬 날씨는 알 수 없다더니……

이러다가 비雨 구경만 하다 돌아갈런가 싶어 큰딸네 가족의 표정을 물끄러미 살핀다. 일 년 가까이 기다렸을 여행이 동動이 아니라 정停으로 딱 막혀 꼼짝할 수 없는데 큰딸네 가족은 무사태평이다. 이젠 출근부에 도장 찍을 일도 없는 내가 괜스레 쓸데없는 걱정을 했구나 싶다.

오늘은 오키나와 제일 관광지라는 츄라우미 수족관에 갔다. 나는 사진기를 들고 계속 사진만 찍었는데 여섯 살 손녀가

묻는다. "할아버지는 왜 남의 사진을 찍어요?" 수족관에서 화려한 물고기 사진은 안 찍고 사람을 향해서만 연신 셔터를 눌러대는 내 모습이 신기하기도 하고 이상하기도 했나 보다.

"할아버지는 포토그래퍼란다. 행복하고 예쁜 사람이 있으면 사진을 찍어준단다."

엉성한 대답에 꼬마 숙녀는 눈만 끔뻑인다. 그러고는 졸졸 내 옆을 따라다니면서 이건 뭐예요, 저건 어때요, 하면서 질문의 연속이다. 그 엄마에 그 딸이로구나. 호기심은 꼭 제 엄마를 닮았다. 저만 했을 때 꼭 저렇게 졸졸 따라다니며 유난히 질문이 많은 애였는데……

그런 생각을 하고 있으려니 하늘에 계신 어머니 목소리가

들렸다. "그 호기심이 누구를 닮은 건데."

여행을 갈 때는 가급적 그 지역과 관련된 소설이나 에세이를 챙겨가는데 이번에는 『슈리성으로 가는 언덕길』이라는 책을 골랐다. 대학을 갓 졸업한 순박하고 우직한 미술학도가 오키나와 섬을 발로 뛰면서 전통 향토 문화, 역사를 찾아내고 정리하고 세상을 알리는 작업을 해오다가 철거 위기에 처한 슈리성을 구한다는 스토리인데 자료 수집이 방대하고 치밀하다.

역시 책은 내용과 관련한 '현지'에서 읽어야 더욱 읽는 맛이 난다. 창문을 때리는 빗줄기를 벗 삼아 재밌게 읽었다.

그러고 보니 오키나와도 참 곡절 많은 섬이다. 독립 왕조로 내내 존재하다가 1879년 일본에 편입되었고, 태평양 전쟁 시기에는 본토의 '버린 돌'이 되어 수십만 발의 포탄이 날아왔다. 전쟁이 끝난 후에는 27년 동안 미국 통치를 받았다. 『슈리성으로 가는 언덕길』을 읽다 보니 1616년 3명의 조선인 도공이 오키나와로 초빙되며 이곳에 요업이 시작되었다는 구절이 나온다. 그들이 전해준 도자기 기술로 슈리성의 붉은 기와가 만들어졌으리라 생각하니 느낌이 새롭다.

도자기 기술뿐이겠는가. 오키나와는 조선, 일본, 중국, 동남아, 여러 문화의 흔적이 다양하게 어울려있는 느낌을 갖게 만든다. 동아시아 해상로 중심에 위치한 지리적 여건 때문에 행복과 불행을 함께 겪었으리라.

우리의 오키나와 여행은 '블루씰'에서 시작해 블루씰에서 끝났다고 해도 과언이 아닐 것이다. 도착하자마자 블루씰에 들렀고, 가는 여행지마다 블루씰이었으며, 렌터카를 반납하기 직전 마지막으로 들른 곳도 블루씰이었다. 블루씰은 오키나와에 본점이 있는 아이스크림 전문점 이름이다. 오키나와에는 가는 곳마다 블루씰이 있다.

블루씰 광고에 이런 문구가 있었다.

"Born in Amaerica, Raised in Okinawa"

미국에서 태어났고, 오키나와에서 자랐어요. 이 문구가 오키나와가 어떤 섬인지 말해주는 것 같다.

오키나와를 떠나는 비행기 창밖으로 아래를 내려다보니 사연 많은 집에서 파란 많은 이야기를 듣고 온 느낌이었다. 빨강과 파랑이 묘하게 극적으로 대비되는 섬이었다.

울릉도에 가려거든

울릉 탐문 첫 번째, 푸른 하늘.

간다간다 하면서 미뤘던 울릉도를 이제야 간다. 작년에는 '당분간 여행 금지'라는 의사의 처방전이 나를 붙들었고, 올해는 심술 궂은 풍랑이 나를 포항항에 묶어두었다.

울릉도 가는 일이 이토록 어렵던가.

문득 시선詩仙 이백李白의 시 한 구절이 떠올랐다.

"촉나라 가는 길은 험하구나. 푸른 하늘에 오르는 만큼 어렵다蜀道之難 難於上靑天."

촉나라는 지금 중국 사천성인데, 사방이 높은 산으로 둘러싸여 찾아가기 힘들었다. 그래서 고대에는 중원中原으로 치지도 않은 땅이었다. 오랑캐들이나 사는 곳이라고 무시했던 지역인데, 지금은 중국 대륙 한복판이 되었고, 산해진미가 풍부하고 공업도 아주 발달했다. 인구도 중국에서 가장 많은 지역이다. 과거의 기상을 잊지 않으려는지, 지금도 사천성 사람들은 자기 지방을 촉蜀이라고 말한다. '마라'라는 이름이 들어가는 매운 요리로도 유명하다. 오늘날 중국 경제를 일으켜 세운 등소평도 '매운' 사천 사람이다.

이거 또 직업병이 도졌는데, 어쨌든 울릉도도 촉나라 가는 것만큼 멀고 험하다. 그래서 울릉도를 옛날에 우산국于山國이라는 별도의 나라처럼 불렀구나. 오늘날에 가닿기도 이토록 어려운데!

촉나라 찾아가는 심정으로 울릉도 떠나는 배를 기다린다.

울릉 탐문 두 번째, 큰 섬.

섬사람들은 날씨 이야기를 하면서 하루를 보낸다. 날씨가 궂으면 뱃길이 끊기고, 뱃길이 끊기면 뭍에서 들어오는 관광객뿐 아니라 생활물자도 끊어지니, 날씨는 섬사람들의 가장 큰 화제고 관심사다. 날씨는 수시로 바뀌고, 크지 않은 섬인데 섬 여기저기 날씨가 또 다르다. 그것도 참 신기한 일이다.

이번에는 뱃길이 열리냐 끊기냐를 놓고 이야기판이 벌어졌다. 이 사람 저 사람 주거니 받거니 경험과 지식을 펼치다가 결론은 이렇다. "그때 가봐야 알 수 있지!" 세계 어디든 섬 날씨는 항상 이렇다. "그때 가봐야 알 수 있는 것이지." 인간들끼리 입씨름 해봤자 뭐하겠나.

울릉도에서 둘째 날.

뱃길도 끊기고, 비도 오락가락, 바람은 강풍인데, 방 안에만 있으면 뭣하겠나 싶어 오늘 날씨에 맞는 관광 일정을 짜기로 했다. 동행한 젊은 친구와 함께 일반 버스를 이용해 나리 분지로 향한다.

울릉도는 거의 모든 관광객이 단체 여행이고, 개별적으로 들어온 관광객도 현지 여행사의 안내를 받아야 편안한 여행이 된다. 오늘 버스 안은 달랑 우리 둘뿐이다. 대형 리무진 택시를 탄 기분으로 울릉도를 달린다.

해안도로 따라 달리다가 천부 마을이라는 곳에서 버스를 갈아탄다. 천부天府라는 이름만큼 마치 하늘에 닿은 것 같다. 구불구불 급경사 오르막을 힘겹게 느릿느릿 달려 드디어 나리분지에 도착. 주위 높은 산들이 바람을 막아주어 호흡이 한결 편안하다.

울릉은 강풍으로 흔들리는데 여기는 아늑한 별세상에 있는 느낌이다. 울릉은 큰 섬이다.

울릉 탐문 세 번째, 나리분지.

나리분지는 거대한 화산이 폭발한 후 화산 중심부가 함몰되어 형성된 칼데라(분지)다.

분지를 둘러싸고 있는 가장 높은 산이 성인봉(986.7미터)이

고, 성인봉을 중심으로 만들어진 원시림 속으로 들어간다. 너
도밤나무, 섬조릿대, 솔송나무, 섬단풍나무, 섬노루귀…….
울릉도에만 사는 식물들로 이루어진 건강한 숲이다.

원시림을 따라 한참 올라갔더니 구름 사이로 굵은 햇빛이
쏟아져 나온다. 조금 전까지 비바람 불더니……. "그때 가봐
야 알 수 있다"는 섬사람들의 만국 공통어가 적중하는 순간
이다.

그런데 선박회사에서 보낸 문자 메시지가 심상찮다. "일기
악화가 예상되어, 내일 오후 6시 배는 오후 2시로 출발이 앞
당겨졌습니다." 마음이 또 급해진다.

울릉 탐문 네 번째, 편지.

울릉도에 가시거든 '선창' 정류장에 내려 관음도 가는 해안
도로 한번 걸어보세요. 파도가 원 없이 부딪쳐 사라지는 청량
한 소리 한번 들어보세요. 남색에서 옥색, 그리고 흰색으로
바뀌는 오묘한 파도 색깔 한번 살펴보세요.

관음도 절벽에 있는, 힘 하나 들이지 않는 것처럼 보이면
서도 묵묵히 자기 의무를 다하고 있는, 멋진 철다리 한번 건

너보세요. 그 철다리 위에서 바다, 파도, 바위, 바람, 하늘, 구름……. 비읍(ㅂ)과 피읖(ㅍ), 리을(ㄹ)과 히읗(ㅎ)이 만들어내는 아름다운 화음과 숨소리를 들어보세요.

안고수비眼高手卑. 눈은 높은 데 있지만 손은 낮은 데 있어, 내 재주가 모자라 그 아름다움과 경이로움을 고스란히 그려낼 수 없네요.

가시거든 꼭 한번 걸어보세요.

닮고 싶은 이 풍경을 가슴에 담아오는 것만으로도 당신은 최고를 수확한 것입니다.

울릉 탐문 다섯 번째, 외로움.

여운이 오래 남는 여행이다. 아주 먼 나라에 다녀온 것 같고, 모처럼 여행다운 여행을 다녀온 것도 같다.

울릉도는 마음만 먹으면 휭 다녀올 수 있는 곳이 아니다. 지리적으로 멀리 떨어진 곳도 아닌데 일단 접근이 호락호락하지 않다. 쉽게 다가갈 수 없는 사람에게 묘한 매력이 있듯, 울릉은 그런 섬이다.

'변덕스럽다'는 것은 짧은 시간에 많은 것을 보여준다는 뜻이기도 하다. 변덕스러운 사람은 짜증이 나지만, 변덕스러운 자연은 어쩌면 축복이다. "여기 오래 계실 것 아니잖아요. 당신의 짧은 일정에 제가 많은 것을 보여드릴게요"라는 듯 자꾸 변덕을 부린다. 울릉이 그렇다.

'될 대로 되라'는 마음으로 행하는 여행, 오랜만이었다. 편하고 순조롭고 안전함에 익숙해진 나이가 되어가다 보니 숨 죽여있던 야성野性이 그리워지는 때가 있는데, 그런 것을 꿈틀꿈틀 되감아 보여준 여행이기도 했다.

"섬사람들은 외로워요. 특히 몸이 아플 땐 더 그래요. 섬에 큰 병원이 없는 게 제일 큰 어려움이지요. 한때는 3만 명이 넘게 살았는데 지금은 1만 명 수준이에요. 울릉도 설경은 육지 사람들에게 보여주기 아까운 풍경입니다. 그런데 그때 들어오기 쉽지 않지요. 꼭 한번 보러 오세요."

울릉도 토박이라고 자신을 소개한 신 사장 말이다. 울릉에서 포항으로 나갈 때, 옆좌석에 앉아 섬사람들의 애환을 들려줬다. 차분하고 진솔한 그 목소리가 변덕스러운 울릉의 날씨와 묘하게 어울리는 느낌이었다. 자연은 자신이 지닌 반대의 성질을 그곳 사람들에게 선물하는 것 아닐까.

EP. 6

별 보러 가자

[휴가 안내]

8월 12~23일까지 ○○떡집 휴가입니다.

더운데 애써 찾아오신 분들에게 죄송합니다. 꾸벅.

동네 떡집에 갔더니 안내문이 붙어있다. 모르는 사람이야 그냥 떡집이 여름휴가 갔나 보다 생각할 테고, '떡집에 휴가가 있어?'라고 생각하는 사람도 있을 것이다. 탐정 같은 호기심을 가진 사람은 '여름휴가를 열흘 넘게 떠나네?' 하고 의문을 갖기도 하겠지.

빙그레 웃었다. 나는 그 안내문에 숨은 비밀⁽?⁾을 알고 있기 때문이다.

우리 동네 떡집 주인은 첫인상부터 범상치 않았다.

일단, 떡집에 항상 클래식 음악이 흐른다(물론 떡집에 클래식을 틀지 말란 법은 없지만). 구석 책장에 꽂힌 목록을 보니 서양 미술, 시집, 그리고 한국과 중국 도자기에 대한 책이 보인다. 손때 묻은 책이 가지런히 정돈되어 있는 모양새가 그냥 장식용은 아님을 알려준다.

한쪽 벽에 온통 새까만 배경으로 찍은 사진이 보였다. 무엇일까, 했다.

나도 사진 찍는 사람으로서 궁금해 물었더니 밤하늘을 찍은 것이라고 했다.

"누구 작품이오?"

자기가 찍은 것이라며 말하며 주인장은 자랑 반, 쑥스러움 반으로 웃었다. 옆에 함께 일하던 아낙도(나중에 안주인이란 사실을 알았다) 빙그레 미소 지었다. 알고 봤더니 이 떡집 주인은 꽤 유명한 사람이었다. 아마추어 천문 사진사라고 하는데, 별이나 달, 밤하늘, 오로라를 주로 찍는 고상한 취미를 가진 것이다. 그 뒤로 나는 그 집 단골이 되었다.

나중에 더 알고 봤더니, 아마추어 사진사가 아니라 거의 프로 수준이었다. 천문 사진 영역으로는 인터넷 카페 등에 널리 이름이 알려진 분이었다. 천문 사진이라는 것도 있다니, (하긴 없을 리가 없지), 내가 모르는 미지의 영역에 있는 최고 고수가, 그것도 우리 집 바로 앞에 계시다니!

안내문 한 장 달랑 붙여놓고 떠나간 기나긴 여름휴가의 비밀도 거기 있었다.

두 사람은 달이 태양을 완전히 삼킨다는 개기일식을 찍기 위해 떠났다. 그걸 찍기 위해 미국으로 날아갔다. 99년 만에 미 대륙을 관통하는 희귀한 개기일식이라나. "개기일식 보기 위해 지금 열심히 일하고 있다"고 주인장 내외가 살짝 귀띔하는 말을 했을 때, 그 표정에는 무한한 행복이 깃들어 있었다.

이 부부는 천문 사진을 찍기 위해 승합차를 개조해 차량 지붕에 카메라를 얹고 찍는 설비를 만든 것은 물론 차박車泊 캠핑 시설까지 완벽히 갖춰놓았다.

그런 취미를 남편 혼자 즐긴다면 가족은 제쳐놓고 별난 일에 몰두한다며 슬쩍 타박하는 마음이 들겠지만 부부가 함께 여행을 다닌다니 보기 좋고 흐뭇하기 그지없다. 누군가는 떡집 부부의 호사스런 취미라고 또 별스런 참견을 하겠지만, 열심히 일하고 노력하여 얻은 대가를 자신을 위해 쓰겠다는데 누가 감히 뭐라고 말할 수 있겠나. 존경스럽고 부러울 따름이다.

부부는 요세미티 국립공원, 네바다 사막, 크레이커 레이크 등 미 대륙 서부 300여 킬로미터를 밤낮으로 달리면서 일 년 동안 보지 못한 별을 맘껏 마시고 돌아왔다.

오늘도 떡방에는 음악이 흐른다. 떡 익는 소리가 들린다. 치열한 삶을 살아가면서 시를 읊고, 문학을 이야기하고, 음악을 들으면서 미학적 열정을 품고 살아가는 부부가 있다.

나는 그 남편에게 '낭만검객'이라는 별명을 마음속으로 붙여줬다. 강호에 홀로 은둔하는 고수 같은 느낌이었다. 살아오며 직접 만난 몇 안 되는 '검객' 명단에 이 남자의 이름을 주저

없이 올릴 수 있다.

여행에서 돌아온 낭만검객이 이번에 미국에서 찍은 멋진 사진을 뿌듯한 표정으로 보여주었다. 그중 한 장은 메신저로 내게 전해줬다.

소셜미디어 계정에 내 사진이 아닌 다른 사람의 사진을 올린 것은 그때가 처음이었다. 이런 사람과 가깝게 살고 있다는 사실 하나만으로 얼마나 큰 영광인가.

오늘도 떡집에는 해와 달, 그리고 별빛의 향기가 느껴진다.

부부가 땀 흘리며 일하는 모습은 쿵더쿵 쿵더쿵 달나라 토끼가 마주 보고 절구 찧는 모습 같다. 그런 사진 찍으려고 별과 달에 카메라 렌즈의 초점을 맞추는 걸까?

비로소 겨울과 화해하기

겨울이 되면 마음이 먼저 움츠러들고 거기에 몸이 따라간다. 봄부터 가을까지 단련한 탄력도 겨울 문을 가볍게 밀고 나가지 못한다. 워낙 추위에 취약하다 보니 겨울에는 사진기도 가방 안에 보관하여 동면冬眠에 들어가도록 배려해준다. 내가 이토록 추우니 사진기도 춥지 않을까 싶어서.

며칠 전에는 홍콩에 사는 큰딸네 가족이 한국으로 겨울 여행을 왔다.

용평, 월정사, 상원사를 거쳐 대관령까지 갔다. 따뜻한 나라에 살다 보니 손녀들도 한국의 겨울이 마냥 신기한가 보다. 썰매장에 갔을 때 녀석들의 비명은 하늘을 날았다. 추위를 타지 않는 점에 있어서는 할애비를 닮지 않은 건가 싶지만, 동심은 계절을 가리지 않는다고 말해야 옳을 것 같다.

집으로 돌아오는 길에 국도변에 잠깐 차를 멈추고 간단한 먹거리를 구입했다.

아이들은 카시트에 곤히 잠들어 있고, 그사이 나는 가방 안에 잠들어 있는 사진기를 잠깐 흔들어 깨워 바깥으로 데리고 나갔다. 계곡 물소리는 고요히 멈췄고, 12월의 태양이 쏟아내는 소심한 햇살이 나목 가지 사이로 스몄다. 조용히 한 컷 한 컷 셔터를 눌렀다. 적막, 침묵, 단순, 흑과 백……. 겨울 정취가 맑고 깊다. 이 아늑함까지 사진에 담고 싶다.

이제 몇 번의 겨울을 살게 될지 모르겠지만, 남은 인생이라도 겨울과 다투거나 피하지 말고 화해하는 법을 배워야겠다는 생각이 문득 들었다.

거칠게 다퉜던 사람들도 죽기 전에는 서로 마음을 열어놓고 너그러이 화해한다지 않은가. 살아오며 그동안 싫어했던 것들, 회피했던 것들, 생각만 해도 고개를 절레절레 흔들었던 것들에 대해 다시 돌아봐야겠다. 화해할 여지는 있는지. 내 옹졸함으로 멀리했던 것은 아니었는지. 겨울에게도 그렇게 손을 내밀어야겠다.

메신저 프로필 한 줄 소개를 '삼동문사三冬文史'로 바꿨다. 가난한 사람은 여름에는 농사를 짓느라 정신이 없어, 삼동三冬, 그러니까 깊은 겨울에만 시간을 내어 학문을 닦는다는 뜻이다. 자신을 겸허히 낮추는 뜻이라고 하는데, 어쩌면 내 처지와도 비슷한 것 같다.

젊을 때는 바쁘게 사느라 나 자신을 돌아볼 틈이 없었다. 이제야 인생의 겨울을 맞아 스스로를 조금씩 돌아보는 중이다.

내가 젊은 날을 보낸 중국 베이징은 유난히 겨울이 춥고, 길고, 어둡고, 혹독했다. 베이징의 겨울은 기온이 영하 15도까지 내려가고, 11월 초가 되면 곧장 겨울이 시작된다고 말해야 한다. 그런 겨울이 3월까지 이어진다. 일 년의 절반을 빼곡 겨울로 사는 셈이다. 새외塞外에서 부는 북풍은 사납고 날카롭다. 공기는 바싹 마르고 탁하다. 점심식사하고, 차 한 잔 마시고 나면 금세 어둠이 찾아든다. 포근하고 낭만적인 설경은 기대하기 어렵다. 그것이 베이징의 겨울이다.

일하느라 주위를 둘러볼 틈도 없었긴 하지만 중국 베이징에서 겨울의 멋과 맛을 찾는 일은 어쩌면 사치에 가까웠다. 그래서 그저 동굴 안에서 겨울잠을 자는 곰처럼 참고 기다리는 게 겨울나기 요령이었다. 그렇게 피하는 것을 상책이라 여기며 살았다. 그 시절에 겨울과 가까워지려고 화해를 시도하겠다는 생각은 차마 해보지 못했다.

서울의 겨울은 베이징보다 부드럽다.

겨울과 친해지는 연습을 하기에는 서울이 훨씬 좋다.

올겨울에 내가 할 일들을 쭉 적어보았다. 책 읽기, 음악 감상, 전시회 관람, 영화관 가기, 산사山寺 탐방, 성지순례, 봉사활동, 친구들 만나기……. 움츠러들지 않고 이런 계획들을 하나하나 체크하면서 이번 겨울에는 더욱 이 계절에 익숙해져야겠다고 작은 결심을 한다. 그런 의미에서 서울의 '삼동문사'가 되어야겠다고 다짐해본다.

겨울을 배우는 이가 선비 아닐까. 이제야 회사의 머슴으로 살았던 시간을 내려놓고 어언 선비 흉내를 내보는 셈이다.

억경과 차경

중국 정원의 특징 가운데 하나는 억경抑景이다. 풀이하면 경치를 억누른다는 뜻이다. 경치를 감추어두었다가, 첫날밤 신랑이 부끄럼 감추며 조심스레 새색시 옷고름 풀어내듯, 하나씩 드러내 보여주는 맛을 즐긴다.

중국 고택의 정문에 들어서면 한눈에 경치가 들어오지 않는다. 담장, 창문, 기암괴석, 나무로 시선을 가려 그 너머에 있는 경치를 보여주지 않는다. 이를 선장후로先藏後露 기법이라고 한다. 좁고 조금은 답답하게 느껴지는 회랑을 지나면 탁 트인 경치를 보여주고, 탁 트인 공간 다음에 갇힌 공간으로 안내한다. 자기 속내를 감추고 감정을 쉬이 드러내 보여주지 않는 중국인들의 기질과 같은 맥락이다.

한국 전통 정원의 바탕은 차경借景이다. 이미 존재하는 주위의 경관을 자기 정원의 일부처럼 빌려 쓴다. 달리 표현하자면 자기 정원을 인근의 산, 호수, 바다, 만灣, 건물, 탑 등과 조화롭게 배치한다는 것이다.

나는 한국과 외국을 비교하면서 '그리하여 우리 것이 최고'라는 식의 화법을 그리 달가워하지 않는다. 전통적인 것은 더욱 그렇다. 전통에는 나름의 이유가 있고 각자 특색이 존재하기 때문에 거기에 우열이나 시비가 개입되어서는 안 된다 생각한다. 있는 그대로 관찰하면서 조용히 존중해주면 되는 것이다. 억경, 차경도 그렇다.

　중국 상하이 있는 예원豫園은 명나라 관료였던 반윤단潘允
端이 만든 정원이다. 베이징 이화원頤和園을 본떠 만들었다는
1만 5천 평방미터의 그 정원이 '개인' 정원이라고 소개하면 사
람들이 한 번 놀라고, 자그마치 18년이나 걸려 만들었다면 또
한 번 놀라고, 자기 부모님을 기쁘게 해드리기 위해 만든 정
원이라 설명하면 일제히 탄복한다.
　예원은 억경의 기교를 그대로 보여주는 전형적인 중국 정
원이다.
　한국의 호암미술관에는 희원熙園이 있다. 호암미술관 안에
희원이 있는 것이 아니라, 사실은 희원 안에 호암미술관이 있
는 격인데, 희원이 주위 풍광을 끌어안으면서 워낙 자연스럽
게 그 자리에 있어 사람들이 '호암미술관에 있는 희원'이라고
들 말한다.
　희원은 특별히 인위적으로 만들어진 정원이라는 느낌이 들
지 않을 정도이고, 중국 예원에 비하자면 정갈하고 정제된 맛
이 느껴진다. 그것이 차경이다. 한국의 정원은 주거 공간과
어울려 하나가 되지만, 중국의 정원은 그것 자체가 별도의 휴
식과 오락의 공간이란 점에서도 차이가 있다.

나는 인생 가운데 절반 이상을 중국에서 살았다. "중국 베이징에 가면 편리하진 않지만 편안하고, 서울에 오면 편리하긴 하지만 그리 편안하지는 않다"고 말할 정도로 내겐 중국이 익숙하다. 그래도 태생은 감출 수 없는 것일까. 그저 개인적인 호불호를 가리는 의미에서 억경과 차경 중에 무엇이 좋냐고 누군가 물어본다면, 역시 차경에 끌린다.

희원을 산책할 때마다 내 삶을 어떻게 살아왔는지를 되돌아본다.

어울리면서, 주위를 끌어안으면서 살아왔는가.

바람이 없다

눈앞이 온통 뿌옇다. '한 치 앞도 보이지 않는다'는 그 표현 그대로다. 어쩌다 이렇게 되어버렸을까.

여기는 중국 베이징의 어느 호텔. 35년 직장생활 가운데 25년을 중화권에서, 그것도 거의 베이징에서 보냈으니 이곳은 내게 제2의 고향과도 같은 곳이다. 그러니 대기오염으로 시름시름 앓고 있는 베이징을 보면 왠지 내 마음마저 아프다.

원래 베이징은 이런 곳이 아니었다. 베이징 땅을 처음 밟은 때가 1990년. 한중수교가 이루어지기 2년 전이었다. 그때만 해도 베이징은 순박한 시골과 같은 느낌이었다. 그해 겨울, 서류가방 하나만 달랑 들고 아직 수교도 맺은 않은 국가의 수도에 첫발을 내디뎠을 때 폐부 깊숙이 달려들던 쨍한 공기의 맛을 또렷이 기억한다. 정신이 확 들게 만드는, 선명하고 명쾌한 공기였다. 그런 곳이 어느 순간 이렇게 변해버린 것이다.

11월 중순이면 찾아오는 베이징의 겨울은 삭풍으로 시작한다. 만리장성 바깥에서 비롯된 삭풍은 장성을 넘어 화북평야를 가로질러 거침없이 베이징에 와닿는다. 한 번도 경험한 적이 없는, 지독히 메마르고 차가운 바람이었다. 바람이 칼끝처럼 날카로워 두꺼운 겨울옷을 가차없이 뚫고 들어왔다. 뼛속까지 오드득 한기가 느껴졌다. 하늘과 땅을 그야말로 쨍쨍 얼게 만드는 바람. 한국의 추위와는 비교도 할 수 없는, 말 그대로 북방의 겨울이었다.

자전거는 또 얼마나 많았던가. '중국' 하면 자전거가 연상될 정도였다.

처음 베이징에 도착한 다음날 아침, 호텔 창밖을 물끄러미 내려다보니 멀리 천안문 광장이 보이고 그 넓은 대로를 자전거 군단이 흘러가고 있었다. 출근을 위한 행렬이었다. 태어나서 그렇게 많은 자전거가 한꺼번에 몰려다니는 것을 보는 경험도 그날이 처음이었다. 그야말로 장관, 대 장관이었다. 인해전술이라더니, 과연 저런 것이구나 싶을 정도였다.

지금은 어떤가. 자전거보다 자동차가 더 많다.

경제가 나아지니 당연히 그렇게 된 것이지만 무언가를 잃은 듯 허전하다. 대지에 납작하게 앉아있던 건물들은 갈수록 누가 더 높은지 경쟁이라도 하는 듯 구름 위로만 치솟았고, 온통 목화와 옥수수 밭이었던 화북평야의 초록바다는 바람보다 빠르게 공장지대로 바뀌어 굴뚝마다 연기를 뿜어내는 중이다. 먹고 살기 위해 그렇게 변모하는 것은 어쩔 수 없는 일이라지만 어쨌든 씁쓸한 마음이 드는 것은 사실이다. 하긴 그런 가운데 나도 '장사'를 하기 위해 중국에 왔던 것이고, 중국이 쑥쑥 성장하는 만큼 회사가 내게 거는 기대와 역할 또한 커졌다. 그런 점에 있어서는 당연히 중국에 감사해야겠지.

퇴직하고, 한국으로 이사하고, 그러고도 일 년에 한두 번은 베이징을 찾는다.

외국인들에게 다소 폐쇄적인 중국 정부의 정책에도 불구하고 '영구거류증'까지 받았으니 나는 절반은 중국인인 셈이라고 사람들에게 농담 반 진담 반으로 말한다. 청춘을 온전히 중국에서 보냈다. 한국인보다 중국인을 훨씬 더 많이 친구로 두게 되었으니까 말이다.

이번에도 특별한 계획이나 목적 없이 베이징을 찾았다. 친구들도 만나고, 중국이 어떻게 변해가는지 내 나름대로 조용히 관찰도 하고, 옆 사람과 유창하게 대화가 통하지 않는 곳에서 오히려 혼자만의 시간을 갖기도 좋다.

그런데 세상이 온통 뿌연 황사뿐이라 밖으로 나갈 엄두조차 내지 못했다.

호텔에만 틀어박혀 친구들을 이곳으로 부른다. 내가 늙어가는 만큼 그들도 늙어가고, 베이징을 찾을 때마다 서로가 변해간다.

30년 전에 내 운전기사를 했던 중국인 친구를 만났다. 지금은 그냥 자연스럽게 서로 '친구'라고 부른다. 만나자마자 내가 우문을 던진다.

"베이징 공기가 왜 이렇게 되었소?"

그가 단박에 말한다. "메이요 펑没有風!"

무릎을 딱 친다. 뭐든 진실은 이렇게 간단하다. 복잡한 데 있지 않고 딱 몇 글자로 요약된다. 메이요 펑! 바람이 없다! 바로 그것이다. 역시 내 친구.

바람이 사라졌다. 예전에는 그 많던 베이징의 바람이 어느 순간 자취를 감췄다. 인간들은 사방팔방 이중삼중으로 담을 쌓아 바람길을 막아버렸다. 그러면서 바람을 기다린다. 그러면서 공기가 좋지 않다고 투덜거린다. 어리석어도 한참 어리석다. 자기가 저지른 일인 걸 어쩌랴.

30여 년 직장생활 동안 한 회사만 다녔다. 내가 부지런히 했던 일은 철강을 파는 일이었다. 내가 판 철강을 기둥으로 해서 중국 곳곳에 아파트와 빌딩이 들어서기 시작했다. 대나무 숲처럼 말 그대로 우후죽순 건물이 늘기 시작했고 여기저기 숱한 공장이 만들어졌다. 어쩌면 내가 공기에게, 그리고 바람에게, 나쁜 짓을 했던 것인지도 모른다.

나이를 먹을수록 감성적이 되어가는 것인가.

어쨌든 바람길을 막아버렸다.

베이징은 은유적 표현으로 내가 제2의 고향이라 부르는 곳이고, 내 진짜 고향은 전라도 광주다. 광주에는 무등산이 있고, 무등산 오르는 길에 바람재가 있다.

'바람재'라고 하니까 바람이 거세게 부는 곳을 연상하기 쉬운데 사실은 등산로라기보다 산책로에 가까운, 무척 고즈넉한 곳이다. 바람도 쉬었다 가는 곳이라고 해서 바람재라고 했나 보다.

바람이 달려가는 길을 막아버려 바람도 죽고 사람도 죽어가는 중국 베이징에 있다가 고향에 돌아와 바람재를 오를 때면 늘 바람의 의미를 생각한다.

막고 닫아버리는 것으로는 생명을 얻을 수 없다.

바람도 쉬어갈 수 있는 넉넉함이 결국 세상을 오래 살리는 길 아닐까.

한때는 허겁지겁 살면서 그런 것을 뒤돌아볼 겨를이 미처 없었으나 이제는 그런 점도 생각하며 살 때가 되지 않았나, 소박한 바람을 갖는다. "생각 없이 살다 보면 결국 사는 대로 생각하게 된다"는 말이 문득 떠오른다.

허겁지겁 살았던 시절이었다. 생각도 없이.

EP. 10

굳세어라 친구야

해외에서 30년을 넘게 살다가 돌아오면 몸은 모국母國에 있어도 몸짓은 이방인이다. 뚝 떨어진 무인도에 있다가 어느 날 갑자기 뭍으로 돌아온 사람 같다. 모든 것이 낯설고, 많은 것을 새로 시작해야 한다. 친구들은 30년을 이어온 모임이라고 하는데 나는 첫 참석인 경우도 있고, 저 건물이 지난 30년 간 여기에 있었다고 하는데 나는 처음 들어가 보는 경우마저 있다. 외국에 살다 새로운 외국으로 자리를 옮긴 느낌이다. 기나긴 꿈의 터널을 지나 깨어난 미몽과 같다.

고등학교를 졸업한지도 반세기가 지났는데, 게다가 한국에서 30년간이나 떨어져 있었는데 친구에게 연락이 왔다. "한번 보자."

"야, 너 옛날 그대로구나." 친구의 첫인사는 그것이었다.

말이 그렇지 어떻게 그대로일 수 있겠는가. 칠십 늙은이가. 세월이 변해도 목소리와 걸음걸이는 쉽게 변하지 않는다는데 이젠 그마저도 변할 만큼 우리는 늙었다.

순대국밥에 수육 한 접시 시켜놓고 곧장 타임머신 타고 반세기 전으로 거슬러 올라간다.

고등학교에 다녔던 1960년대 초반은 6.25전쟁이 끝난 지 10년이 지났지만 깊은 상처는 아물지 않았고 4월 혁명, 뒤이은 5.16쿠데타, 격변과 충격 속에 사회는 어수선했다. 지독히도 가난했고 암울했다. 대학 생활도 잦은 데모로 수업은 언제나 툭툭 끊기고, 방학은 앞당겨졌다. 그동안 부잣집 가정교사 노릇 하고, 하숙집에서 배곯으면서, 온통 각박하고 메마른 추억뿐이다. 대학을 졸업하자마자 생활전선에 떠밀려 또다시 크고 작은 전쟁을 치르며 뛰어다니다가 세상은 어느새 국민소득 1만 불, 2만 불, 3만 불 시대로 성큼성큼 나아지는가 했더니, 뒤돌아보니 우리는 어느덧 늙은이가 되어있었다. 인생 자체가 기나긴 전쟁이었다.

막걸리 잔 넘겨받다가 문득 화제를 옮긴다.

"영화 〈국제시장〉 봤냐?"

"응, 봤지."

영화 〈국제시장〉은 딱 내 나이 또래가 살아왔던 시절을 소재로 한다. 주인공 덕수의 인생 역정은 사실 우리에겐 그리 특별할 것도 없는 이야기다. 다들 평균적으로 그렇게 살았던 시절이다.

'우리 때' 이야기를 꺼내는 일 자체를 노인네들의 주책 정도로 여기는 세상에서, 그래도 주인공 덕수의 독백은 오래 가슴에 남아있다.

나중에 덕수는 홀로 방 안에서 아버지 사진을 보면서 이렇게 말한다.

"아버지, 이만하면 내 잘살았지예. 근데 정말 힘들었거든
예."

관객들은 훌쩍훌쩍했지만 나는 좀 무덤덤했다.

누구의 평가나 인정을 바라고 살아온 삶은 아니었으니까.
그 시대에 태어나 그 시대를 만났고, 아들로서 아버지로서 남
편으로서 그저 이것이 최선이라 생각하며 살았다. 이를 악물
고 살지 않았던 사람, 누가 있었을까.

정말 힘들긴 힘들었다.

그런데 지금 젊은이들도 시대의 흐름만큼 힘들게 사는 것
같다. 힘듦의 모양새가 다를 뿐이다.

힘들지 않은 세상이 언제 있을까.

오랜만에 만난 친구의 이야기는 끝이 없다. 연설의 내용도
도덕적, 건설적, 애국적이다. 친구의 눈에 비친 우리 사회의
근심 걱정은 한둘이 아니다. 제조업 경쟁력은 갈수록 떨어지
고, 대체할 동력은 보이지 않고, 젊은 세대는 희생정신, 역사
의식, 자신감이 없어 보이고, 사회갈등은 심화되는데 정치인
은 엉망이고…….

말로만 세상을 살아오지는 않았기 때문에 친구가 하는 말

이 허망한 잔소리만으로 들리지는 않는다. 그저 조용히 고개를 끄덕끄덕하면서 시간 가는 줄 모르고 그 소리를 듣고 있다. 여기에도 그냥 얼—쑤 추임새를 하는 것밖에 다른 도리가 있겠나.

식당 종업원들이 퇴근하고 싶다는 눈치를 계속 보낸다. 둘러보니, 식당 홀에 우리밖에 없다. 친구의 일장 연설을 식당 사람들도 다 듣고 있었나 보다. 또 한 명 '애국 노인' 납셨네, 하며 속으로 빙그레 웃었을 거다.

"늙은이들이 모여 나라 걱정하면서 열 올리는 나라는 지구상에 대한민국밖에 없을 거다" 하면서 친구는 멋있게 연설을 마무리했다.

친구는 헤어지는 것이 마냥 아쉬운 모양이다. 약간 비틀거리며 노래 '굳세어라 금순아'의 한 소절을 조용히 흥얼거린다.

"금순아 어디로 가고 길을 잃고 헤매었던가……."

나는 그저, 지하철역에서 헤어지는 친구의 뒷모습을 배웅하며, '굳세어라 친구야'만 마음속으로 크게 외쳤다. 헤매지 말고 집에 잘 들어가기를.

아직 많은 것이 낯설다. 다시 대한민국 국민이 되는 일도 긴 시간이 필요할 것 같다. 그래도, 반세기를 뛰어넘어도, 친구는 친구였다.

3부

늦게 배운 도둑질

재즈가 왔다

어렵고 낯설게만 느껴지던 재즈가 어느 날 문득 '들리기' 시작한다. 불현듯 몸을 관통하고 지나간다. 따로 공부한 것도 아닌데 왜 그럴까. 음악을 잘 아는 친구에게 물으니 "자네 체질이 재즈로 바뀐 걸세" 하고 툭 던진다.

음악은 침묵과 대립하는 것이 아니라 침묵과 평행한다. 침묵은 침묵끼리 소통한다. 이제는 일상적으로 내면에 자리 잡은 침묵이 재즈의 침묵까지 알아본 것일까. 그렇게 재즈가 조용히 내게로 왔다.

나와는 전혀 상관없다 여겼던 그 음악이 친숙하게 느껴지기 시작했다.

재즈는 미국으로 팔려온 아프리카 노예들의 탄식이고 통곡이다. 언젠가는 좋은 시절이 올 것이라는 마음속 희망이고 약속이다. 그렇게 말로 하지 못하는 것들을 베이스, 드럼, 기타, 색소폰, 트럼펫과 같은 조촐한 악기들이 대신 울어준다. 그러니 재즈야말로 침묵의 언어. 침묵이 극적으로 표출된 장르 가운데 하나 아닐까.

우리 집 오디오에 달린 작은 스피커가 겨울 방을 재즈의 침묵으로 은근히 채운다.

나만의 재즈 공부 목표를 세워 보았다. 우선 귀에 익숙한

곡부터 듣기, 유명한 뮤지션 위주로 듣기, 반복해서 듣고 또 듣기. 마일스 데이비스(트럼펫), 스탄 게츠, 찰리 파커(색소폰), 마커스 로버츠(피아노) 같은 이름을 쪽지에 적어 소파 옆에 붙여두었다.

어제는 중고 책방에 들러 재즈 관련 서적을 몇 권 들고 왔다. 예술이 인간의 삶을 행복하게 만드는 기술이라면 재즈와 현대미술이라는 예술은 20세기 초반 미국 뉴욕에서 만나 서로 어떤 영감을 주고받으며 행복을 설계했을까? 그런 것도 공부해봐야겠다. 세상을 살며 배워야 할 것들이 아직 태산이다.

윈턴 마살리스Wynton Marsalis의 『재즈 선언』을 읽는다. 저술가 제프리 워드Geffrey C. Ward와 함께 쓴 책이다.

의미 있는 문장을 찾아내 밑줄을 긋거나 책 내용을 따로 요약할 필요가 없다. 책의 모든 문장이 하나도 거를 것 없을 정도로 경쾌한 명문이다.

보기 드물게 이론과 실제를 겸비한 최전선 연주자가 쓴 이 책은 말그대로 보석이다. 저자는 미술관, 박물관의 도슨트 docent가 되어 자상하고 따뜻한 마음으로, 솔직하고 쉬운 말을 사용해 재즈의 세계로 우리를 안내한다.

사실 재즈라는 게 별것 있는가. 연주자와 관객이 함께 즐기는 음악이 재즈다. 같은 곡이 연주자에 따라 다르고, 같은 연주자가 같은 곡을 하루에 여러 번 연주해도 매번 느낌이 다른 것이 재즈다. 관객의 반응에 따라 또 달라지는 음악이 재즈다. 책에도 "재즈는 고정되어 있지 않고 늘 변화하는 음악"이라고 말한다. 이런 비정형성이 재즈의 묘미 아닐까 싶다.

그런 재즈의 태생, 역사, 본질, 악기의 역할, 무대 위에서 주고받는 느낌, 기법, 위대한 재즈 음악가의 삶과 성찰, 즐겁게 재즈 감상하는 법까지. 책을 펼치는 순간 즐거운 재즈 여행이 시작된다. 한발 더 나아가 '재즈'라는 창을 통해 세상을 보는 관점을 바꾸게 되고, 사람과 관계 맺는 법까지 생각하게 한다. 재즈 입문서로 추천하는 책이라기에 읽어보았더니 재즈뿐 아니라 한편의 인생 철학을 담고 있다.

묶이지 않은 것이 재즈다. 평생 묶여있는 삶을 살아오다가 비정형의 생활 방식에 툭 내던져지면서 재즈도 비로소 내게 온 것 같다.

지나간 신문을 보니 윈턴 마살리스 빅밴드가 공연차 한국을 방문한 적이 있는데 우리나라 어느 재즈클럽에서 새벽 3시까지 공연을 했단다. 정해진 스케줄도 아닌데 즉석에서 공연을 하기 시작했고(그것도 자기 악기가 아니라 클럽에서 제공한 악기를 들고), 클럽 대표자가 '문 닫을 시간이 넘었는데 대체 언제 끝나나' 걱정할 정도로 밤새도록 연주를 계속했다고 한다.

윈턴 마살리스 빅밴드는 다음날 미국 대사관 파티와 예술의 전당 공연 등을 마치고 다시 그 클럽을 찾았다. 그런데 또 새벽까지 연주를 계속하더라나. "오늘은 대체 언제까지 연주를 하려고 그러시오?" 하고 물으니 "오전 8시 30분에 출발하는 비행기라서 5시 30분에 공항으로 떠나면 되니까 조금 더 놀다 가면 안 되겠느냐"고 사정(?)을 하더란다.

그 클럽과 손님들은 완전히 횡재한 것이다.

세계적인 밴드의 공연을 밤새도록, 그것도 아무런 금전적 댓가도 없이 얻었으니 그보다 횡재가 어디 있겠나. 그런 밤샘 공연을 윈턴 마살리스 빅밴드는 '그저 노는 기분으로' 즐기면서 했던 것이다. 그 사연을 소개한 신문 칼럼 제목이 "즐기는 자를 이길 순 없지"였다. 재즈 정신이 과연 그렇다.

요즘 겨우내 방안에 틀어박혀 재즈를 듣는다. 종일 재즈가 주위를 부드럽게 맴돈다.

본래 재즈는 청중에게 들려주기 위한 목적보다는 연주자들이 모여서 호흡을 맞추는 즉흥 연주로 시작했다. 그들이 즐겨 연주하는 곡, 즉 '스탠다드 넘버'도 참여하는 음악가, 악기의 종류, 장소, 그날의 기분에 따라 맛이 다르고 연주 시간은 끝을 모른다. 흥겨우면 말 그대로 '갈 때까지 가는' 것이다.

악보를 따르지 않고 서로 대화하는 것처럼 연주한다. 그래서 재즈를 듣는 맛이 좋다. 같은 연주자의 같은 곡이라도 숱한 버전이 존재하니까 좋다. 그것을 골고루 찾아 듣는 재미가 끝이 없다.

하늘, 땅, 사람의 땀으로 만들어지는 와인의 향기가 같은 브랜드라도 다 다른 것처럼 재즈도 그렇다.

와인을 배울 때 "이것저것 마시지 말고 한두 가지 와인을 계속 마시면서 '혀의 기준'을 세우라"는 말을 금언金言처럼 삼았는데 건축에 이어 재즈에서도 그러한 '나만의 기준'을 세워보았다. 겨우내 존 콜트레인의 연주를 듣고 또 듣는 중이다. 역시 '즐기는 자'를 이길 수 없지.

서울 재즈 페스티벌에 다녀왔다. 아침 9시에 집을 나섰는데 밤 11시에 귀가했다. 서울 올림픽공원에서 온전히 하루를 보냈다.

'재즈 페스티벌'이라기에 요란한 공연 판을 상상했는데 그냥 푸른 초원 위에 돗자리 깔고 누워, 멀리 무대에서 펼쳐지는 재즈 공연을 감상하는 방식이었다. 무대 앞으로 가고 싶은 사람은 앞으로 가고, 멀찍이 떨어져 있고 싶은 사람은 떨어져

앉고, 관객 모두가 '자유로운 영혼'이 되는 공연이었다. 게다
가 같은 시간대에 여러 공연이 겹쳐 있어 자기가 좋아하는 밴
드나 선호하는 공연을 찾아다니면 된다. 연주자와 관객 모두
5월의 햇살처럼 행복하고 밝은 표정이었다.

　처음에는 공연장 한구석 그늘 아래 돗자리를 펼쳐놓고 앉
아, 동행한 젊은 벗이랑 맥주를 홀짝거리며 '햐, 이런 세상도
있구나' 하면서 분위기 자체를 즐겼다. 이 나이에 무대 앞으
로 다가가 박수치고 몸 흔드는 일은 아무래도 쑥스럽고 주책

맞은 일이라 여겼다. 그런데 어느새 슬금슬금 여기저기 공연을 찾아다니고, 사진 찍으며 돌아다녔다. 그러다 나도 모르게 무대 앞까지 '진출'하게 되었다.

흥겨운 재즈 선율에 맞춰 까딱까딱 고개를 흔든다. 주위를 둘러보니 내가 최고령 참석자인 것 같다. 그런데 이런 곳에서 나이를 따져 뭐하겠나. 주위를 살피는 행위 자체가 낡은 사고 아닐까. 그저 나만 즐기면 되는데!

다른 사람의 시선을 의식하지 않고 각자 행복한 세상. 그런 좋은 세상을 만나 따뜻한 하루였다. 이제는 육체의 통금 시간이 정해져 있어 마지막 공연까지 다 보지 못하고 돌아온 것만 조금 아쉬웠다.

그런 아쉬움 때문에, 얼마 뒤에는 자라섬 재즈 페스티벌을 다녀왔다.

젊은 벗 두 명과 함께 숙소를 정하고 1박 2일 재즈 여행을 떠났다. 서울 재즈 페스티벌이 약간의 대중성을 추구한다면 자라섬 페스티벌은 정통 재즈에 조금 더 가까운 특성을 갖는 것 같달까. 책이나 잡지에서만 이름을 보았던, 세계적으로 유명한 뮤지션이 라인업에 들어 있었다. 이런 공연은 이제 그냥 스쳐 지나가기 아쉽다.

풀밭 돗자리 위에 누추한 몸 누이고 저물어가는 하늘을 본다. 얼마 만인가. 구름 위로 재즈는 흐르고⋯⋯. 느리지만 지루함 없이, 혼자지만 외롭지 않게, 힘들지만 미소 지으며, 재즈는 반복되는 일상 위를 담담하게 흐른다.

이젠 재즈 공연에 두 번째 참석하는 것이니, 재즈에 있어서는 나도 '고참'이라고, 자라섬에서는 제법 고참처럼 행동했다. 공연도 즐기고, 맥주도 마시고, 부대 행사도 지켜보고.

평생 이렇게 오늘을 즐기며 살아야겠다.

나의 건축 답사기

봄비인지 겨울비인지 아리송하다. 이름이야 부르기 나름이겠지. 내게 더 현실적인 문제는 그러면서 찬바람이 함께 몰아친다는 사실. 장롱 안에 겨울옷을 넣었다 뺐다 넣었다 뺐다, 그러길 몇 번이나 반복했던가. 4월 들어 여러 번이다.

그렇게 비가 내린 뒤로는 기분이 좋다. 어디로 떠나든 손해 볼 것 없는 날씨가 펼쳐진다. 겨우내 건축 공부를 하며 꼭 가봐야 할 명단 가운데 하나로 적어두었던 개심사로 발길을 향한다.

개심사는 충남 서산에 있는 사찰이다. 건물 일부에 휘고 굽은 통나무를 자연 그대로 모습으로 사용했다고 한다. 그것을 두고 "기둥이란 본디 나무에서 온 것으로, 가능한 나무 모습 그대로 간직해야 한다"는 견해를 임석재의 『우리 건축 서양 건축 함께 읽기』에서 읽은 적 있는데 과연 그러한지 확인하기 위해 떠난다. 내가 그런 것을 확인한다고 건물이 달라지는 것도 아니고, 누군가 보상을 해주는 것도 아니지만, 특별한 일거리도 없는 노인의 고약한 취미 가운데 하나라고 정리해두자. '일'을 만들어 하는 것이 노년의 삶이다.

사진을 찍다 보니 자연히 '건물'에 관심이 가기 시작했다. 사진 초보 시절에는 찍는 대상이 주로 풍경이었고, 도시에 흔한 풍경이 건물이다 보니 아무 생각 없이 그냥 건물을 찍었다. 그런데 그러다 보니 '피사체의 본질을 이해한다'는 측면에서 건물을 알아야 사진을 좀 더 잘 찍을 수 있을 것 같다는 생각이 솟았다.

다른 계기도 있었다. 중고서점에 갔다가 우연히 『침묵과 빛』이라는 책을 발견한 것이다. 20세기 대표 건축가 루이스 칸Louis I. Kahn에 대한 책이었다.

칸은 '침묵과 빛의 건축가'라고 불린다. 단순한 건축가가 아니라 시인이자 철학자, 교수, 역사학자였고 성직자 같은 삶을 살다간 사람이다. "만질 수 없는 것에서 만질 수 있는 것을 이끌어내는 건축가는 그 사이의 질서를 찾아내는 것이 그가 할 일이다." 책에서 이 구절이 인상적이었다. 그는 '질서'를 건축의 제일 미덕으로 본다. 시인이 존재를 추구하는 사람이라면 건축가는 질서를 추구한다.

그렇게 칸에 매료되었고, 건축에 대한 책을 하나씩 섭렵하기 시작했다. 알랭 드 보통의 『행복의 건축』, 한국을 대표하는 건축가 승효상 선생의 『빈자의 미학』과 『보이지 않는 건축, 움직이는 도시』, 빛의 공간을 만들어내는 것으로 유명한 일본 건축가 안도 다다오가 쓴 『나, 건축가 안도 다다오』, '4평의 기적'을 만들어낸 건축가 르 코르뷔지에의 『건축을 향하여』, 건축의 아름다움을 해설하는 사람으로 불리는 건축가 서현의 『건축, 음악처럼 듣고 미술처럼 보다』 등. 건축에 관심을 갖기 시작할 때 사람들이 흔히 접하는 '개론서'와 같은 책들이다.

그런데 아무리 읽어도 현장에서의 견학과 경험에야 따를 수 없지 않은가. 일단 겨울에는 그렇게 아랫목에 엉덩이를 붙이고 나름대로 '이론'을 수련하였고, 봄이 되자 본격적으로 몸을 움직였다. '답사'에 나섰다. 『나의 문화유산 답사기』가 아니라 『나만의 건축 답사기』라고나 할까.

첫 현장 실습은 과천에 위치한 국립현대미술관.

예전에는 건물에 들어서면서도 건축가가 누구인지 관심조차 없었는데, 건축에 관심을 갖게 된 뒤로는 꼭 건축가부터 살핀다. 과천 미술관은 건축가 김태수, 김인석 작품이고, 1986년 준공했다.

겨우내 독학한 덕에 미술관의 지붕, 벽, 기둥, 창문, 건축 재료, 공간, 빛 관리, 진입로, 계단, 주위환경과의 조화를 주의 깊게 살펴보게 된다. 아는 만큼 보인다고 했던가. 찬바람에 묻어나는 봄 냄새만큼이나 희미하게 조금, 미술관이 하려는 말에 귀를 기울이게 된다.

그리고 보면 건물을 '작품'이라고 칭하게 된 것도 건축 독학 덕분이다. 나도 평생 동안 건물을 기술이나 공학工學으로만 알고 살아온 평범한 많은 사람 가운데 한 명이었다. 혹은 건물을 '재산'으로만 봐왔거나.

어찌 보면 건축학과가 예술대학에 있지 않고 공과대학에 주로 있는 것도 건축에 대한 우리의 인식을 고스란히 보여주는 셈이다.

뒤이어 서울에 있는 국립현대미술관도 찾아보았다. 거기에 전시된 미술작품을 보기 위한 목적도 있지만 건축이라는 '작품' 자체를 보기 위해.

그동안에는 그냥 '거기에 미술관이 있는가 보다' 하는 식으로 지나쳤는데, 서울미술관은 압도적인 미술관이 아니라 튀지 않는 겸손함으로 주변 풍경에 자연스럽게 파고드는 미술관이라는 사실을 깨닫게 되었다.

서울미술관은 특히 경복궁과 잘 어울린다. 경복궁이 주인이 되어야 할 풍경을 더욱 돋보이게 만들어준다. 미술관이 자신을 자랑한답시고 경복궁을 압도하려 들었다면 과연 어떻게 됐을까. 건축가의 조화롭고 겸손한 생각과 철학을 엿보게 한다.

한편으로 단정하다. 서울미술관은 정직한 네모꼴로 이루어져 있고, 예스러움과 새로움이 조화를 이룬다. 지하 공간에 자연스럽게 빛을 끌어들인 기법도 지혜롭다. 건축의 질서는 지나치게 복잡해지는 감정으로부터 우리를 보호해준다는 사실도 서울미술관에서 새삼 깨닫는다.

나중에는 서울대학교 미술관, 용인 호암미술관을 비롯해 여러 미술관을 순례했다. 지방에 가거나 외국에 여행할 때도 미술관 '건물' 구경을 꼭 일정 가운데 포함했다.

와인의 맛을 익히기 위해 '혀의 기준'을 세우듯, 건축에 대한 나만의 시각視覺을 갖기 위해 미술관을 대상으로 정했다. 꾸준히 미술관만 '마시기로' 한 것이다. 나름대로 기특한 선택인 것 같다. 작품을 끌어안아야 하는 '더 큰 작품'이 미술관이다.

몇 년 그러다 보니 나만의 건축 감상법이 생겼다.

일단 건축에 대한 사전 정보나 설명을 의도적으로 멀리한다. 다른 사람이 이미 만들어놓은 길을 따라가기만 하면 별로 감흥이 없다. 고생을 좀 하더라도 의외의 길이 신비롭다.

어떤 건축물을 대하면 먼저 그 건물의 축軸을 찾고, 제일 꼭대기 층으로 올라간다. 전체 공간을 조망하면서 설계자가 말하려는 의도를 가늠해본다. 그렇게 뼈대와 전체를 가늠하고 부분으로 들어간다. 사진기로 여기저기 스케치하면서 건물 내부를 산책한다. 나중에 집에 돌아가 상세한 정보를 찾아보고, 현장에서 느낀 점과 조율해본다.

또 '자주' 찾아간다. 사람이든 건물이든 한 번 봐서는 알 수 없지 않은가. 보는 것만으로는 만족할 수 없다. 자꾸 '겪어봐야' 한다.

'멀리서' 보는 것도 중요한 건축 감상법이다. 요즘 세상은 워낙 빌딩 숲을 이뤄 건물의 외관이 어떤지 알 수 없는 경우가 태반이다. 그렇더라도 최대한, 건물 맞은편이나 멀찍이 떨어진 곳에서 그 건물을 감상하려는 노력을 기울인다. 주위 환경과 어울리는지, 세상이라는 공간의 한 부분으로서는 어떤 역할을 하는지, 소반 위에 놓인 도자기를 감상하듯 살펴보고 되돌아본다.

때로 어떤 건물은, 그리 유명한 건물도 아닌데, 참 단아하다는 느낌을 주는 건물이 있다.

꽤 오래된 건물로 보이는데 주위 풍광에 도드라지지 않고, 그렇다고 지나치게 낡아 보이지도 않고, 뭔가 포근한 느낌을 주는, 풍광 그 자체인 건물이 있다.

그런 건축을 볼 때마다 '곱게 녹슬어 간다'는 느낌이 있다. 나는 과연 그렇게 곱게 녹슬어 왔던가. 앞으로는 곱게 녹슬 수 있을까. 그런 점을 되돌아본다.

행복 가득한 집

어찌하다 보니 새 아파트로 이사하게 되었다.

15년 넘게 살아 온 아파트. 이 방 저 방에서 수많은 물건들이 튀어 나온다. 책, 사진, 낡은 노트북, 상패, 수첩, 명함, 기념품, CD, 계산기, 옷, 모자, 넥타이, 안경, 시계, 가방, 신발…….

'새 술은 새 부대에'라는 원칙에 따라 와장창 과감하게 결단력 있게 버린다. 이 물건들과 함께했던 추억, 정, 아직도 멀쩡한데 버린다는 죄스러움, 안타까움. 그런 것 때문에 잠시 마음이 흔들리기도 하지만 '버리자'는 원칙을 마음속에 벼리며 버린다.

버리는 것에도 구분을 둔다. 한쪽에는 가차 없이 버려야할 것, 다른 한쪽에는 다시 한 번 생각해볼 만한 것.

일차로 한 뭉텅이 쓸어내고, 다시 한 번 생각해보기 위해 한쪽에 쌓아둔 물건들 쪽으로 시선을 돌린다.

뚫어져라 그 쪽을 바라보고 있었더니 '나는 살아남겠지' 하는 애원의 눈길들을 피하기 어렵다. 이래서 눈을 질끈 감고 더욱 과감히 버렸어야 하는데…….

새 아파트 단지가 들어서면 '구경하는 집'이라는 것이 여러 군데 문을 연다는 걸 이번에 알았다.

인테리어 업자가 아파트 리모델링을 해놓고 집주인이 입주할 때까지 모델하우스처럼 판촉 활동을 벌이는 곳이란다. 인테리어 업주가 직접 매입한 아파트일 수도 있고, 집주인에게 저렴한 비용으로 리모델링해주고 그 대가로 일정 기간 '구경하는 집'으로 사용하겠다는 계약을 했을 수도 있고, 여러 조건과 배경이 있을 것이다. 아무튼 지하철 안에 성형 수술한 사람 사진 걸어놓고 '비포 앤 애프터'를 자랑하는 성형외과 광고가 문득 떠올랐다. "당신의 아파트도 이렇게 달라질 수 있어요!"

그런데 나는 다른 관점에서 '구경하는 집'을 활용했다.

앞으로 여기서 얼마나 살게 될지는 모르겠지만, 단지 내에 있는 다른 집에 들어가 볼 일이 얼마나 있겠나. '구경하는 집'은 남의 집에 들어가 본다는 묘한 느낌이 있고, 가구 배치나 공간 활용과 관련한 아이디어도 얻을 수 있을 것 같아 소일거리 삼아 몇 군데 들러보았다.

구경하는 집들, 구경할 게 없다.

집주인의 취향인지는 모르겠으나 멀쩡한 벽과 바닥을 몽땅 뜯어내고 반질반질한 대리석(수입산 천연대리석이라는데, 글쎄다)으로 도배해 놓았다. 공사비도 놀랄 만하다. 요즘 사람들의 취향이 대체로 이런 것인가? 본디 있는 그대로를 높게 평가하는 내 취향과는 좀 거리가 있다. 마음속으로 조용히 고개 저으며 '내 집'으로 돌아왔다.

이삿짐 챙길 때 창고 속에서 찾아낸 그림 가운데 몇 점을 골라 인사동 표구점에 맡겼더니 말끔하게 때를 벗고 돌아와 현관 앞에 있었다. 아직 제 자리를 찾지 못한 짐이 있지만 그림을 벽에 걸며 사실상 이번 이사를 마무리한다.

40여 년 전에 이곳을 떠나, 돌고 돌며 살다가 다시 옛날 살던 곳으로 돌아와 자리 잡는다.

여기가 인생의 마침표를 찍는 자리일지 또 하나의 쉼표가 될지는 아직 모르겠지만 어쨌든 이제는 마침표라 하여도 전혀 어색할 것 없는 나이가 되었다. 아파트는 낡은 집을 헐고 완전히 새 집으로 다시 태어났는데, 이 몸만 고스란히 40년이 흘렀다. 세월에는 '재개발'이니 '재건축'이니 하는 부흥을 바랄 수 없다. 특히 이 나이에는.

구경하는 '세월'은 건질 수 있으려나. 대리석으로 반질반질 하지 않아도 좋으니.

좀 고층에 있다 보니, 이사하고 나서 창밖을 내다보는 시간이 부쩍 늘었다.

눈길이 아파트 창을 넘어 공원 숲을 지나 성당 지붕 위에 머물다 다시 아파트, 고층빌딩 숲으로 이어진다. 쾌청한 날은 멀리 북으론 백운대, 동으론 검단산까지 나간다.

전에 살았던 집은 숲으로 둘러싸여 있었는데 이번에 이사 온 집은 '눈높이'가 다르다. 전에 살던 집이 고즈넉이 파묻혀 살아가는 느낌이었다면 이제는 멀리 관망하는 느낌이랄까. 땅과 같이 사는 사람은 정직하고 사실적이고, 하늘을 보고 사는 사람은 꿈을 꾸며 낭만적이라 한다. 아무래도 늙은이는 땅 쪽으로 가까워지는 것이 순로順路인데 거꾸로 올라오게 되었다.

'저 많은 아파트는 누가 다 지었을꼬.' 가느다란 한숨을 내쉰다.

서울은 오늘도 부수고 짓고 언제나 공사 중이다. 멀리 펼쳐진 도시를 바라보면서 '왜 서울의 건축물들은 지붕을 소홀히 할까' 하는 생각도 해봤다. 건물 정수리(옥상)가 하나같이 원형 탈모가 온 것처럼 텅 비어있어 안타깝고 볼품이 없다. 초록색 페인트로 덕지덕지 발라놓았다.

저 속에서 살아가는 사람은 무슨 생각을 하고 살아갈까. 왜 도시의 하늘에는 구름이 귀할까. 서울의 도시 개발은 산과 어우러져야 할 텐데, 청명한 하늘은 언제 또 볼 수 있을까.

봄비야 흠뻑 내려 촉촉이 적셔다오.

가방에 넣어둔 카메라를 삼각대에 얹어 창문 옆에 세워둔다. 예전보다 높은 층에 살게 되니 땅에 다리를 딛고 사진을 찍던 시선과 다른 무엇이 느껴진다. 과연 꿈과 낭만도 찍을 수 있을까.

봄이 오면 기다렸다는 듯 도심에는 각종 전시회가 꽃 핀다. 꽃구경 하는 것마냥 전시회를 찾아 돌아다니는 재미도 기대 이상이다.

이번 주에는 삼성동 코엑스에서 서울 리빙 다자인페어가 열리는 중이다.

어림잡아 500여 개 업체가 참여하고 있는 것 같다. 살림 장만하려고 온 사람, 디자인 안목을 높이려고 온 사람, 나처럼 그냥 구경하러 나온 사람, 행사 관계자까지, 전시장은 사람들로 북적인다.

이사하기 전에 이런 전시회가 열렸더라면 여러 가지 도움이 되었을 텐데, 뒷북치는 관람을 실컷 했다. 우리 집을 이렇게 꾸미면 좋았을 걸 하는 아쉬움이 남지만, 아쉬움도 뒷날을 기약할 수 있는 하나의 묘미다.

전시장 입구에 '행복이 가득한 집 만들기'라는 홍보 문구가 있었다.

행복을 주는 디자인은 어디서 나오는 걸까. 편의성, 내구성, 실용성, 색감, 재질, 꿈, 조화, 균형……. 그런 것들을 생각하면서 여기저기 기웃거렸다. 눈에 들어오는 대로 사진도 몇 장 찍었다. 사람들의 열망과 꿈을 찍은 것 같기도 하다.

행복한 집이란 과연 뭘까?

행복이란 뭘까?

EP. 4

살아 있는 침묵

스승이 없는 시대라고 한다. 믿고 따를만한 어른이 없는 시대라고도 한다. 그런데 잠깐 이런 생각을 해본다. 과연 스승이 없는가? 어른이 없는가? 정확히 말하자면 '스승을 찾지 않는 시대'라고 표현하는 것이 옳지 않을까. '어른을 찾지 않는 시대'라고.

거칠게 말하자면 모두 '잘난' 세상이 되었다. 다들 어느 정도는 '안다'고 자부한다. 스승이 필요 없고, 굳이 어른이 소용없는 것이다.

누군가를 존경하고 따르는데 그의 '모든 것'을 존경하고 따를 필요까지는 없다고 본다. 인격으로 보나 실력으로 보나 모든 면에서 완벽한 사람이 있었으면 좋겠지만 저 사람은 이런 점은 좋은데 저런 점은 단점이라면, 거기서 '좋은 점'만 취하면 되는 것 아닐까. 일부의 단점을 보고 전체를 '아니올시다' 해버리는 (어쩌면) 극단의 세계를 살다 보니 존경하고 따를만한 대상도 점차 사라지는 것 아닐까.

주위 사람에게서 스승이나 어른을 찾을 수 없다면 우리에겐 '책'이 있다. 죽은 작가라도, 천 년 전에 살았던 철학자라도, 책을 통해 얼마든 다시 만날 수 있다.

세상엔 이토록 좋은 스승이 많고 많은데 왜 멀리서 찾으려 그리도 애썼단 말인가. 왜 스승이 없다고 한탄만 했단 말인

가. 책을 펼치며 늘 그런 생각을 한다.

필요할 때 필요한 책이 등장하곤 한다. '구원자' 같은 책. 내겐 막스 피카르트의 『침묵의 세계』가 그런 책이었다.

무척 힘든 시기였다. 굳이 말하고 싶지 않지만 집안에 힘든 일이 닥쳤고, 매순간 절망하며 쓰러졌다. 신은 내게 왜 이토록 커다란 고통을 주는가, 한동안 하늘을 원망하기도 했다.

"인간은 이리도 슬픈데, 주님, 바다가 너무 파랗습니다"

엔도 슈사쿠를 떠올렸다.

울었다.

세상에 하소연하고 싶은 날, 한편으로 세상과 대화를 끊고 싶은 날, 나는 '침묵'을 만났다.

『침묵의 세계』를 열 번쯤 읽었을까. 아니 스무 번 정도는 읽은 것 같다.

책을 읽기 전에는 침묵을 그냥 '말을 하지 않는 것' 정도로 알았다. 많은 사람들이 그렇게 생각하고 있을 것이다. 나도 그랬다. 그런데 막스 피카르트는 침묵을 하나의 '세계'라고 정의하며 이야기를 시작한다. 침묵은 소극적인 것이 아니라 적극적인 것이라고 주장한다. 하나의 충실한 세계로서 침묵은 독립자존하고 있다고 말한다.

말보다 침묵이 먼저 있었다. 세상보다 침묵이 먼저 있었다. 세상 만물이 정지해 있던 때에도, 우주가 태어나기 전에도, 역사 이전에도, 침묵은 존재했다. 모든 것은 침묵으로부터 비롯했다. 그래서 침묵은 자연, 사물, 사상의 바탕을 이룬다. 침묵이 없을 때 이 모든 것이 얼마나 황폐하고 피폐한지 막스 피카르트는 한 권의 책을 통해 반복적이고 지속적으로 일깨워준다.

따라서 침묵은 처음으로 돌아가는 일. 원래 그대로의 상태를 찾는 과정이다. 마음의 근원을 찾는 방법이랄까.

마음이 어지러울 때, 가슴을 쥐어짜는 고통스러운 사건이 있을 때, 『침묵의 세계』를 꼭 한번 읽어보길 권한다.

메신저 프로필 한 줄 소개를 한동안 '침묵의 세계'로 정했다. 나만의 침묵에 빠져들었다.

사실 『침묵의 세계』는 처음 읽을 때는 '대체 무슨 말인가' 싶은 책이다. 침묵과 언어, 침묵과 몸짓, 침묵과 자아, 침묵과 인식, 침묵과 사물, 침묵과 역사, 침묵과 사람, 침묵과 얼굴……. 심지어는 침묵과 동물에 대해서까지 말한다. 침묵과 아기, 침묵과 노인, 침묵과 자연, 침묵과 질병, 침묵과 죽음,

침묵과 희망, 침묵과 신앙……. 침묵, 침묵, 침묵, 모든 것을 침묵과 연관해 이야기한다.

특정한 책을 읽고 또 읽다 보면 "책을 외울 정도가 되었다"고들 말하는데 사실 그것은 "나만의 것이 되었다"고 표현해야 정확할 것이다. 단순히 외운 것이 아니라 책의 내용을 '자기 것'으로 만든 셈이다. 그러니 술술 외워지는 것 아닐까.

『침묵의 세계』를 읽고 또 읽다 보니 문장을 거의 외울 정도가 되었다. 잘 이해되지 않는 문장을 생각하고 또 생각하다 보니 점차 '나만의 것'으로 되어가는 것을 느꼈다.

결국 내 수준에 맞게 『침묵의 세계』를 재구성하게 되었다. 내가 지닌 언어의 수준, 지식, 상식, 신앙, 그리고 내가 겪은 경험, 생활, 관계의 바탕 위에서 '나만의 침묵의 세계'가 다시 쓰여진 셈이다.

소중한 사람을 만날 때에도 『침묵의 세계』를 선물한다. "당신만의 침묵의 세계를 만들어보세요"라고 조심히 권하곤 한다.

침묵에는 정답이 없으니까.

침묵은 옳다.

사진은 어쩌면 침묵을 찍는 일이다. '사진은 그 자체로서 말하지 않는다'는 사실은 누구나 알고 있을 것이다. 사진은 움직임을 통해 말하지 않는다. 사진은 '정지'니까.

막스 피카르트는 "모든 사물에 침묵이 깃들어 있다"고 말한다.

그러니 사진을 찍는 일이란 사물에 깃든 '침묵'을 건져 올리는 일이다. 침묵을 얼마나 잘 건져 올렸느냐. 그것이 '좋은 사진'의 조건이 되지 않을까.

사진을 찍기 전에 사물에 깃든 침묵을 본다. 그러니 "침묵은 사진을 찍기 위한 필수 준비과정"이라고 나만의 '침묵 수행 교과서'를 만들어 보았다.

말은 침묵과 일체를 이룬다. 말은 반드시 침묵과 함께 있어야 한다. 말과 침묵은 동전의 양면과도 같다. 말은 침묵의 다른 면이다. 그러니 말은 '침묵의 충만'으로부터 나온다. 좋은 말은 '충분한 침묵'으로부터 나온다. 충분하지 않은 침묵으로부터 나온 말이 사람들을 상처 입게 한다.

한편, 말로 표현되지 않는 침묵이 있다. 그것은 동물의 침묵과도 같다. 동물은 말을 하지 않는다. 동물의 표현 방식은 울음이다. 동물은 침묵을 누르고 눌렀다가 그것을 울음으로 표출한다. 그래서 울음은 가장 지극한 침묵일지도 모른다. 말보다 오래된 침묵이 바로 울음이다.

　누르고 눌렀던 침묵이 결국 터져 울음으로 나오는 순간이
있다. 울 수밖에 없는, 짐승 같은 울음 이외에는 다른 어떤 것
으로도 표현될 수 없는, 그런 순간이 있다. 울음이 가장 원초
적인 말이 되는 순간이다. 나는 그럴 때『침묵의 세계』라는 책
을 우연찮게 만났다. 울음을 온전한 침묵으로 되돌리는 법을
고민했다.

　말이 잔치를, 아니 홍수를 이루는 세상이다. 과연 나는 제
대로 침묵하고 있는가. 침묵을 눅이고 눅여 말을 만들고 있는
가. 사물에 깃든 침묵을 제대로 포착해 사진을 찍고 있는가.
그동안 내가 쓴 글과 사진을 보면서 생각하고 또 생각한다.
살아가는 하루를 되돌아본다. 섣부른 글과 사진을 주저없이
지운다.

　'이 영감이 도대체 무슨 말을 하는 것인가?' 싶은 독자들이
많을 것이다. 그저 묵묵히 자신만의 침묵의 세계를 열어보기
를 조용히 권해본다. 스스로를 구원하는 어떤 기회를 찾을 수
도 있을 것이다.

　막스 피카르트는 이런 멋진 말도 남겼다. "살아있는 침묵
을 가지지 못한 도시는 몰락을 통해 침묵을 찾는다."

　침묵이 스승이다.

EP. 5

산양이 나를 본다

봄볕 따뜻한 서울대공원을 걷는다. 『침묵의 세계』 가운데 '동물과 침묵'편에 나오는 이야기들을 조용히 되새겨본다.

동물의 침묵에는 두 가지가 없다. 무엇보다 '말'이 없다(동물에게는 울음만 있을 뿐이니). 정확히 말하자면 동물에게는 언어가 없는 것이다. 구체적 언어가 없으니 침묵에서 시작해 말에 닿는 정신과 영혼 활동이 동물에게는 없다.

따라서 말이라는 통로를 찾지 못한 동물의 침묵은 외부로 터져 나와 그 동물 고유의 형상을 이룬다. 사자, 호랑이, 낙타, 물개, 산양, 구관조……. 동물은 외부의 형상으로 자신의 침묵을 말한다.

카메라를 들고 대공원을 거닐며 동물의 침묵을 관찰한다.

가끔 침묵을 찢고 열어젖히려는 듯한 동물의 울음소리를 듣는다. 왜 창조주는 동물에게 말을 주지 않았을까? 인간에게 완연한 침묵의 자리를 내주기 위해서였을까? 그렇다면 침묵을 잃어버리면 인간도 짐승처럼 되는 것일까? 그래서 '짐승의 탈을 쓴 인간'이라는 말이 나왔던 것일까? 도시의 소음과 공해, 사회의 혼돈도 결국 침묵의 상실로부터 오는 것 아닐까?

나는 이렇게 어설픈 '침묵 철학자'가 되어 입을 꼬옥 다물고 카메라를 매만진다. 망원렌즈에 잡힌 산양이 나를 응시하고 있다. 가슴이 뜨끔하다.

소형카메라에 그간 자주 사용하지 않은 매크로Macro 촬영 기능이 있는데 한번 시험해볼 겸, 이번에는 올림픽공원으로 발길을 돌린다.

모처럼 미세먼지 없는 봄날이라 꽃 같은 젊은이들이 까르르 까르르 웃어댄다. 보기만 해도 상큼하다. 역시 봄은 젊은이들에게 어울리는 계절이다.

좋을 때다. 좋은 계절이다.

그러다 지하철 타고 집에 가는 길에 절반쯤 충동적으로 삼성역에 내린다. 별마당 도서관을 조용히 둘러본다.

책 읽고 공부하는 사람만 있는 것이 아니다. 노트북으로 영화 보고, 눈감고 음악 듣고, 연인과 조용히 데이트하고, 스마트폰으로 기념사진 찍고, 커피랑 아이스크림 먹고, 멍하니 앉아 쉬기도 하고, 그러다 엎드려 자기도 하고……. 모두 여유롭고 자연스럽게 자신의 오늘에 열중한다.

다른 사람의 존재로 인해 나의 수행이 향상되는 현상을 사회적 촉진Social facilitation이라 부른다. 단순히 다른 사람의 존재 자체만으로 비롯된 시각적, 청각적 자극 때문에 능률이 향상된다는 이론이다. 이곳 별마당 도서관이 그렇다.

삼성동 코엑스에 들릴 때마다 이 넓은 공간이 조금 황량하다는 느낌이었는데, 별천지를 이룬 듯 거대한 변신을 했다. 카메라를 들고 여기저기 기웃거린다.

"수익 모델은 무엇인지요?"

"그냥 편의시설입니다."

"누가 후원하는데요?"

"영풍문고, 신세계입니다."

오지랖을 발휘해 도서관 안내 데스크에 있는 직원에게 물었더니 이렇게 답한다.

가끔 감동은 하지만 어지간해서 놀라지는 않는다. 놀랄 일이 없어서가 아니라 팔십 가까운 세상풍파 겪으며 무덤덤해지고, 두려움에 대한 면역이 생겼기 때문일 것이다. 볼 것, 못볼 것 다 보고 살아온 인생이다. 그래도 별마당 도서관은 놀랍다.

"책을 기증하고 싶은데요."

"현금은 사양합니다. 보신 책을 가져오시면 됩니다."

직원은 끝까지 친절하게 답했다.

모처럼 보람 있게 책을 기증하고 싶다고 생각했던 것인데, 안 되겠다. 나는 책을 워낙 거칠게 다룬다. 죄다 밑줄 긋고,

써넣고, 그림까지 그리고, 심지어 필요한 부분을 찢기도 한다. 그런 책을 기증하면 오히려 민폐가 되겠다 싶다. 마음만 고이 간직해둔다.

동물원에서 시작해 올림픽 공원, 그리고 도서관까지. 오늘도 이렇게 서울 순례를 마쳤다. 동물원에서 나를 지긋이 바라보던 산양의 눈동자가 잊히지 않는다. '네 속마음을 다 알고 있어!' 하는 눈빛이었다.

산양에게 찔끔 놀라고, 젊은이들의 모습에 마음이 포근해지고, 도서관에서 또 놀란 하루였다. 그러고 보니 '도서관과 침묵'에 대해서도 생각해봐야겠다. '도서관과 산양'은 어떨까? 역시 어설픈 '침묵 철학자'가 되어간다.

늦게 배운 도둑질

쉽고 편하다는 이유로 스마트폰으로 사진 찍는 일에 익숙해지다 보면 비싼 돈 주고 산 카메라는 장롱 속에서 잠만 자게 될까 봐 일부러 사진기를 챙긴다. 그렇게라도 카메라의 '본전'을 찾아보겠다는 인색한 뜻이냐고 친구들은 놀리지만 어쨌든 나는 "영화는 영화관에서!"라고 맞받아친다. 섬세하고 깊은 맛은 '근원'에서 비롯되는 것이라고 믿는 나름의 장인정신이라고나 할까. 스마트폰에 사진기의 지위를 부여하는 것을 부득부득 반대하는 최후의 고집쟁이로 살려고 했다.

"사진은 사진기로!"

그래도 바깥세상은 완전 딴판이다.

엉거주춤 어깨에 걸고 다니다 보면 어디에 부딪칠까, 혹시라도 떨어뜨리지 않을까, 항상 가슴을 졸여야 하는 사진기와 달리 휴대전화는 휴대성이 뛰어나다. 그래서 이름도 '휴대'폰 아닌가. 가방에서 꺼내 뚜껑 열고, 셔터와 조리개 조절하고, 사진을 찍기 전까지 온갖 요란한 준비를 다 해야 하는 사진기와 달리 주머니에서 꺼내 버튼 하나만 눌러주면 된다. 사진기를 들이대면 흠칫 뒤로 피하는 사람도 휴대전화에는 비교적 너그럽고 관대하다. 앞으로 툭 튀어나와있는 렌즈가 없으니까.

사진을 찍고 나서는 또 어떤가.

즉각 네트워크를 통해 실시간으로 공유할 수 있고 SNS에 자랑할 수도 있다. 편집도 자유자재로 할 수 있고, 저장도 걱정할 필요 없다. 정말 똑똑하다. 그래서 역시 또 다른 이름이 '스마트' 폰 아닌가. 필름 카메라는 현상하기 전까지 내용을 확인할 수 없고, 아무리 디지털 카메라의 성능이 발달했다고 해도 스마트폰의 '빠름'은 당해낼 재간이 없다.

사진기와 스마트폰의 차이점이야 더 말해 뭐하겠나. 사진에 대해 전혀 모르는 사람도 쉽게 할 수 있는 이야기다.

나 같은 사진사(?)의 눈으로 보았을 때는 고성능 사진기의 정교함에 한참 모자라는 두루뭉술함이 있지만, 그것이 되레 매력으로 되는 것이 스마트폰 사진 아닐까 싶다. 뭔가 특출난 것보다 보편적인 것이 사랑받는다. 남녀노소 모든 사람이 그렇게 '스마트폰 사진사'가 되어가는 중이다.

옛날에 사진 찍는 일이야 일 년에 한두 번 정도였다.

학교 다닐 때는 소풍 갔을 때나 찍는 것이 사진이었다. 소풍 끝날 무렵 반장이 "모여라" 하고 외치면 담임 선생님을 중심으로 사오십 명이 차렷 자세로 뻣뻣하게 서서 단체 사진을 찍었다. 그러다 움직이는 애는 크게 혼나기도 했고, 혼자 웃어도 혼났다. 그때는 왜 그렇게 무표정하게 사진 찍는 것이 기본이었는지. 살림살이만큼 강마른 시절이었다. 나중에 사진이 현상되어 나오면 잠깐 눈을 감은 아이를 찾아내 깔깔거리며 놀려댔다.

사회에 나오고 결혼한 뒤로도 사진 찍는 일은 그리 흔한 이벤트가 아니었다.

바빠서 휴가는 엄두도 못 냈고, 회사 준공식 같을 때나 직원들끼리 현관 앞에서 사진을 찍었다(역시 차렷 자세로). 아이들 학교 졸업할 때 교문 앞에서 가족사진을 찍었고(역시 차렷 자세로), 어르신들 회갑 잔치상 앞에서 사진을 찍었다(역시 차렷 자세로).

사진은 꼭 사진관에 가서 전문가에게 맡겨 찍는 것이 점잖은(?) 사람들의 법칙이다시피 했는데, 요새는 '사진관'이라는 말조차 사라져간다. 사진사라는 말도 사라져 '포토그래퍼'라고 해야 뭔가 그럴듯하게 느껴진다. 통유리에 큼지막한 가족사진이 걸려있던 사진관 풍경은 차츰 추억 속에 멀어져간다.

수년 전만 해도 사진을 취미로 가진 사람도 드물었고, 사진 촬영은 돈이 많은 사람들이 갖는 고상한 취미 정도로 여겼는데 요새는 누구나 사진사가 되었다. 누군가 사진 찍는 모습을 보는 일이 옛날에는 한 달에 한 번이나 될까 말까 했는데 요즘은 사진 찍는 모습을 하루에도 서너 번은 넘게 발견한다. 물론 스마트폰으로, 여기저기서.

식당에서, 공원에서, 거리에서, 쇼핑센터에서, 버스나 지하철에서도 찰칵찰칵 촬영음이 들린다. 젊은 청년들과 밥을 먹을 때는 일단 음식이 나와도 1분 정도는 '자랑' 시간을 보장해줘야 "영감님이 눈치 없다"는 소리를 듣지 않는다. 찰칵찰칵 촬영음을 들으면서 꼴깍꼴깍 침을 삼킨다. 이리저리 접시를 돌리면서 여러 각도로 찍는다. 어서 먹었으면.

엉성한 장인이 신문물을 거부하는 것처럼 명색이 사진을 취미로 가진 사람으로서 스마트폰으로 사진 찍는 일은 수준 낮은 일이라고 무시하며 내내 그것을 거부해왔다. 그런데 꼭 그렇게만 볼 것이 아니라는 생각에 스마트폰을 만지작거리게 되었다. 사진 선생님께서 가르쳐준 스마트폰 앱을 다운받아 흑백사진은 일부러 스마트폰으로 찍는 연습도 반복하는 중이다. 그런데 그것참, 요물이다. 일단 한번 맛을 들이니 사진기를 역시 멀리하게 된다. 이렇게 편한데, 굳이 번거롭게…….

해방감, 단순성, 담대함, 어정쩡함.

스마트폰 사진만이 만들어내는 독특한 질감이 있다. 그런 것이 참 좋다. 그런데 애인이 싫어지면 어떻게든 트집 잡을

궁리만 하는 것처럼 스마트폰으로 자꾸 사진을 찍다 보니 '사진기보다 이게 더 낫네' 하는 면이 자꾸 보이는 것 아닌가. 그러면서 스마트폰도 광각—평균—망원 기능을 모두 커버하기 위해 렌즈를 3개나 달았다는 최신형 폰으로 바꿨다. 늦게 배운 도둑질이 어쩐다더니⋯⋯. 가장 늦게 개화改化 열차에 올라타 놓고는 신문명에 눈이 휘둥그레져서 뒤늦게 그것에 푹 빠져버렸다. 나도 참 못 말리는 노인네다.

예술의 전당에서 열린 '그리스 보물전'은 전시회장에서 사진 촬영을 전면적으로 금지했다.

그런데 '에릭 요한센 사진전'이 신기하다. 스마트폰 촬영은 가능하단다. 사진기 가방은 거실 한쪽 구석에 밀어 놓고 스마트폰 하나만 주머니에 넣은 채로 현관문을 열고 나서려니 어찌나 미안하던지⋯⋯. 촬영 불가든 가능이든 각종 전시에 갈 때마다 늘 동행하던 사진기였는데.

그나저나 사진기 촬영은 안 되고 스마트폰 촬영은 된다니, 대체 무슨 기준인지 모르겠다. 요즘은 스마트폰이 사진기보다 훨씬 성능 좋은 경우도 많은데. 주최측 나름대로 이유가 있으리라.

사진기가 홀대받는(?) 현실에 오랜 친구가 구박을 받는 듯

사뭇 쓸쓸한 감정이 들기도 한다. 그러고도 "삼성전자가 1억 8천만 화소 이미지 센서를 개발했다"는 뉴스를 보고는 '그 스마트폰은 언제 출시되려나' 기다리는 이 모순된 심리는 뭐람.

이미 좋은 사진을 찍을 수 있는데 자꾸 바꾸고 싶은 것이 또 스마트폰이다. 신형이 나올 때마다 바꿔야 하는 이유를 찾는다. 스마트폰이 아니라 '체인지' 폰이 되고 있다.

EP. 7

흑백의 무한세계

사진기를 든 지 5년쯤 되었을 때 슬슬 흑백사진을 찍기 시작했다. 어렸을 적 내가 경험한 사진은 대체로 흑백인지라 어린 시절로 돌아가는 느낌마저 들었다. 묘한 흥분이 일었다.

컬러는 색감을 잘 살려야 하고 흑백은 흑과 백으로만 구분되니 컬러 사진은 어렵고 흑백사진은 쉬울 것이라 생각하지만 사실은 반대다. 흑과 백으로 아무렇게나 찍어도 되겠구나 싶지만 절대 그렇지 않다.

같은 피사체를 놓고 컬러로도 찍어보고 흑백으로도 찍어본다. 그동안 찍어온 컬러 사진과 최근에 찍은 흑백사진을 서로 비교해보기도 하고, 유명 사진작가들의 흑백사진을 감상하면서 나만의 연구를 해본다. 왜 이렇게 찍었을까. 무엇이 다를까. 왜 군이 흑백을 선택했을까?

인터넷 검색창 몇 번 두드리면 '흑백사진 멋있게 찍는 법'이라는 게시물과 영상이 숱하게 쏟아져 나오는 요즘 세상이지만 검색의 유혹을 지그시 눌러놓고 일단 나만의 방법을 찾는다.

조금 서툴면 어떤가. 직업적인 전문 사진사가 될 것도 아닌데. 남이 일러준 길보다 내가 스스로 찾아가는 이런 여정이 참 좋다.

아직 갈 길은 멀고도 멀지만 그동안 흑백사진을 찍으면서 내가 느낀 점은 이렇다.

하나. 컬러 사진에서 색을 제거하면 흑백사진이 된다는 말……. 맞는 것 같기도 하고 아닌 것 같기도 하다.

흑백사진 전문가들께서 들으면 펄쩍 뛸 일이지만 세상 어떤 것이 되었든 특정한 대상에 지나치게 의미를 부여하는 일이 그리 좋은 것 같지는 않다. 컬러는 컬러대로, 흑백은 흑백대로 나름의 의미가 있다. 이것만 절대적이고 최고이며 그것에 모든 진리가 담겨있다는 식의 흑백 논리는 일단 거두는 것이 흑백사진을 바라보는 첫 마음이 되어야 하지 않을까 싶다.

둘. 컬러 사진은 찍기 전에 대충 결과를 예측할 수 있는데 흑백사진은 전혀 다른 세상이 튀어나오기도 하더라. 그래서 흑백사진은 찍기 전에 결과를 예측하는 능력이 대단히 중요한 것 같다. 거기에 흑백사진을 찍는 묘미가 있다. 즉 '결과로서의 사진'에도 의미가 있지만 '과정으로서의 사진'을 조금 더 생각해볼 수 있다는 점이 흑백사진의 매력이다.

셋. 컬러는 외부 피사체의 인용인데 흑백은 '만들어낸다'는 느낌이 강하다. 그래서 보는 사람이 더 집중하는 사진이기도 하다.

컬러는 일반적으로 보는(보이는) 풍경을 그대로 옮긴 것인데, 흑백은 일부러 수묵담채화를 그린 느낌이랄까. 누구든 '왜 이렇게 찍었을까?' 하고 촬영자의 의도를 생각하게 만든다는 점에서 흑백사진은 강렬하다. 사색하게 만드는 사진, 감상자와 촬영자가 더욱 끈끈하게 '생각의 고리'를 형성할 수 있는 사진, 감상하는 사람들끼리 소곤소곤 침묵으로 대화할 수 있게 만드는 사진, 그것이 흑백이다.

넷. 멀리 자연 산천을 찾아다니지 않아도 주위 일상에서 쉽게 찍을 수 있는 사진이 흑백이다.

인공人工과 잘 어울리는 사진이 흑백이다. 직선, 각角, 꺾임 등을 묘하게 잘 풀어낸다. 빛의 대비, 형태, 디자인, 모양을 찾아내면 누구든 얼마든 멋있는 흑백사진을 만들 수 있다.

결국 흑백사진은 세상을 바라보는 '다른 눈'을 갖게 만드는 사진인 것 같다.

흔히 흑백이라고 하면 '흑백 논리'라는 용어를 떠올린다. 부정적인 이미지가 먼저 연상된다. 그런데 흑백으로 세상을 보는 것만큼 명쾌하고 '다양한' 일이 어디 있을까. 흑백으로 사진을 찍고 그 결과물을 확인하면서 감상하다 보면 거기까지 생각이 미친다.

흑백을 나쁘게만 보지 말아야겠다. 흑백을 '이분법'이라고 생각하는, 그것이 오히려 선입견이었다는 사실을 깨닫는다.

흑과 백 사이에 무한의 세계가 있다.

"겨울은 내가 가장 좋아하는 계절이다. 날씨가 나쁠수록
사진을 촬영하기에는 좋다."

겨울은 사진 찍기에 적합하지 않은 계절이라고 생각해왔
다. 겨울에는 모든 것이 황량해지면서 색감이 죽고, 공간과
공간 사이 여백이 늘어나고, 그래서 '꽉 차 있는' 계절보다 겨
울은 헐렁하다 생각했다. 헐렁하니 찍기 힘들다, 찍을 것이
없다고 생각해왔다.

그런 나에게 이 문장은 죽비처럼 정신을 내리친 문장이다.

사진작가가 겨울을 가장 좋아한다니, 날씨가 나쁠수록 사
진 찍기에 더욱 좋다니, 뭔가 '역설법 아닐까?' 하는 생각까지
해봤다. 혹은 '은근한 자기 자랑인가?' 하는 삐딱한 생각마저.

겨울이 오면 추위에 움츠러들면서 주머니에 손 넣고, 사진
기마저 곰처럼 겨울잠을 재우고 비몽사몽하던 나의 게으름에
'딱' 등짝을 때리면서 다가온 문장이다.

삼청동 공근혜갤러리에서 열린 펜티 사말라티Pentti
Sammallahti 사진전에 다녀왔다. 일반인에게는 생소한 이름
이지만 사진을 좋아하는 사람들 사이에는 흑백사진의 대가로
알려진 유명한 핀란드 작가다. 갤러리에서 이 사진전을 유치

하기 위해 수년간 상당한 노력을 기울여왔다는 이야기도 들은 바 있다. 겨울에 사진 찍기가 좋고, 날씨가 나쁠수록 사진 찍기에 더 좋다는 죽비 같은 가르침이 바로 사말라티 선생의 말씀이다.

혹한에 제법 많은 관람객이 있었다.

모두 겨울 사진인데 전혀 차갑거나 황량하게 느껴지지 않는다. 동화 속 나라 같이 따뜻한 느낌마저 있다. 핀란드를 비롯해 북유럽 지역에 동화 작가가 많은 것도 기후적 요소와 어떤 상관이 있지 않을까, 하는 생각도 해보았다. 혹독함 속에 아름다움이 싹트는 것이다.

모두 흑백사진인데, 흑과 백 사이에 미묘한 색감이 있다. 온통 눈으로 뒤덮인 세상에서 흰 것과 검은 것 사이로 언뜻 무지개가 보이는 느낌이랄까.

말, 개, 고양이, 토끼, 새 같은 동물이 피사체로 자주 등장하는데, 그저 대상이 아니라, 동물이 인간과 똑같이 사진의 '주인공'이라는 느낌이 든다. 사말라티 선생의 말씀 가운데 이런 문장도 가슴에 담았다. "나는 사진을 찍는 것이 아니라 이들(피사체)을 받아들였다."

처음 사진을 배우고 상당한 기간 동안 풍경 사진만 찍었다. 초보가 사진을 배우기에 풍경만큼 가깝고 좋은 소재가 없는 탓도 있지만 누군가에게 렌즈를 들이대는 동작 자체가 익숙하지 않았기 때문이다. 처음에는 사람들 많은 곳에서 카메라를 꺼내는 일조차 쑥스러웠다. 그러다 어느 날 인물 사진으로 줄기를 뻗게 되었고, 나중에는 흑백사진까지 영역을 확장했다.

사진을 취미로 갖고 오래 찍는 일은 단순히 기술이 늘어나는 일이 아니라, 대상이 확장되고 자신의 세계가 넓어지는 일이다. 그러면서 세상을 바라보는 시선 또한 달라져가는 과정이 아닐까 싶다.

오늘 오후에는 아파트 옥상에 올라가 한겨울 하늘이 만들어낸 석양 노을을 흑백사진으로 담았다.

예전에는 이 엄동설한에 카메라 들고 찬바람이 몰아칠 것이 뻔한 아파트 옥상에 올라갈 생각은 엄두조차 내지 못했을 것이다. 게다가 붉디붉은 노을을 컬러가 아니라 흑백으로 찍는 일은 상상조차 못했을 것이다. 색감이 아름다운 풍경을 대상으로 흑백 사진을 찍는 일은 무언가 손해 보는 느낌마저 들지만 그 결과물에 매번 놀란다.

흑백은 역시 선이 도드라지고 단순할수록 대상이 잘 표현되는 것 같다. 그래서 인공과 흑백은 어울린다. 그럼에도 자연에도 선이 있고, 복잡하고 화려한 노을에도 어떤 본질적 단순함이 있음을 생각하게 된다. 구름의 자연스런 곡선과 건물의 인공적인 직선을 대비하는 느낌도 찬찬히 살핀다. 이러니 흑백은 역시 피사체의 단순한 인용이 아니라 결과를 '만들어 가는' 의도가 강한 사진이라는 점을 다시 되돌아보게 된다.

흑백사진에 대한 내 생각이 틀릴 수도 있다. 내 느낌과 다른 사람도 분명 많을 것이다. 그런 것을 배우고 느끼는 과정 또한 흑백에 있다. 사진이, 흑백이, 나를 달라지게 하고 나를 키운다.

EP. 8

회색 찬가

뉴욕타임스가 "단순하지만 효과적이고 특별한 필터를 가진 앱을 찾는다면 이것이 정답"이라고 소개할 정도로 세계적으로 이름난 스마트폰 사진 앱이 있으니 바로 'RETICA'다. 이 앱의 흑백 필터로 사진을 찍어보고 있는데 흥미로운 결과물이 불쑥불쑥 나타나 놀라곤 한다.

흑백은 평범한 촬영 기법이 아니라 의도적으로 연출하는 예술에 가깝다고들 말한다. 흑백사진은 컬러와 다르게 항상 '의도적'이라는 단어가 따라붙는다.

컬러로 촬영하여 포토샵으로 색을 제거한 후 흑백을 얻어낼 수도 있지만, 제대로 된 흑백사진은 컬러가 아닌 흑백 자체로 찍어봐야 한다. '흑백으로 세상을 미리 보는' 훈련을 하는 것이다. 그러면서 서서히 알게 되었다. 흑백사진 속에는 흑과 백만 존재하는 것이 아니라 그사이에 무한한 '회색'이 담겨있다는 사실을.

고수는 흑백사진을 찍기 전에 그레이 스케일을 읽고 회색의 디테일을 계산한다. 물론 나는 고수가 되려면 아직 멀었지만.

흑백사진을 촬영한다는 것은 '대비'를 고려한다는 뜻이기도 하다. 명암은 '대비contrast한다'고 표현한다. 이것과 저것을 견주어본다는 뜻이다.

명암은 다양한 색깔이 뒤섞여 어울리는 과정이 아니라 '어둠과 밝음'이라는 극과 극의 대립을 서로 견주어 조절하면서 나타나는 형상이다. 검정과 하양 사이의 대비를 최대한으로 끌어올리는 것이 관건이다. 그러면서 강렬한 맛이 살아난다.

따라서 흑백사진은 경계境界가 중요하다. 하양에서 검정, 검정에서 하양으로 넘어가는 경계. 그것이 직각으로 탁 꺾어지는 맛이 흑백사진에 있다. 그러는 한편으로 무한한 회색을 발견하게 된다. 세상에 완전한 하양, 완전한 검정만으로 대비된 사진은 없다는 당연한 사실을 깨우치게 된다(나도 참 호들갑스러운 존재다. 이렇게 당연한 것을 대단한 발견처럼 말하다니). 결국 흑백사진은 흑백이 아니라 '회색'이 대부분임을 깨닫는다.

모든 경계는 회색이다. 흑백사진이 아니라 결국 '회색 사진'이다. 경계는 회색에 속한다.

"모든 이론은 회색이고 오직 영원한 것은 생명의 푸른 나무뿐이다."

괴테는 이렇게 말했다. 그래서 '회색'이라고 하면 뭔가 어정쩡하고 정체를 알 수 없고 기회주의적인 색채로 인식하는 경향이 있지만 회색이 들으면 섭섭할 일이다. 괴테님, 큰 실수하셨다. "우리가 이토록 평화를 사랑하고 경계를 누그러트리고 대립을 풀어주는데 어찌 우리 역할을 몰라주고……" 하면서 회색이 항의할 일이다.

제대로 된 흑백사진은 모호함과 신비로움이 있어 감상자의 눈길을 오래 잡아 붙든다. 그 역할을 회색이 담당한다.

색은 화려하고 달콤해서 포기하기 어려우나 '색의 부재'는 컬러로는 감히 상상할 수 없는 영역을 우리에게 안겨준다. 회색이 그 역할을 맡는 것이다.

경계의 색, 평화의 색, 화해의 색, 상상의 색, 겸양의 색, 신비의 색.

지나친 회색 찬양인가?

사진을 찍고 한동안 내게는 풍경 사진이 기둥이고 줄기였다. 거기에 인물 사진이라는 가지가 자라났다. 그리고 점차 줄기와 가지의 위치를 바꿔보려 노력했다. 사람에게 카메라 렌즈를 들이대는 일이 처음에는 엄두가 나지 않았지만 차츰 용기가 생겼다.

나이가 망팔(望八, 여든을 바라보는 나이)에 접어드니 "그 친구가 회사에서 승진했다"거나 "그 친구가 어느 동네로 이사했다"는 소식보다 "그 친구가 세상을 떠났다" "그 친구가 쓰러졌다"는 소식이 훨씬 많이 들린다(하긴, 우리 나이에는 하늘나라로 승진(?)하거나 하늘나라로 이사하는 것이 '승진'이고 '이사겠다). 이런 나이에 뭘 더 주저하겠는가 싶어 용감하게 카메라를 들이대기 시작했다. 하고 싶은 일, 더 이상 미루지 말고 실천해야겠다는 생각으로 인물 사진을 찍었다.

풍경 사진이 '찾아가 조용히 자연과 소통하는 일'이라면, 인물 사진은 대상과 관계를 맺고 실험하고 나누는 과정을 통해 배우며 만들어가는 작업이다. 예쁘고 멋있게, 쨍하고 반짝이는 인물 사진을 찍으려 노력하는 것이 아니라 '진정성 있는' 인물 사진을 찍는 것을 목표로 한다. 두고두고 눈길이 가는, 공감의 유효기간이 긴 그런 사진 말이다.

인물 사진의 모델로는 늘 이런 대상을 마음에 둔다. 성격이 흥미롭거나 가치관이 인상적인 사람. 영감을 주는 사람. 살아오면서 내 삶의 중요한 전환점을 안겨준 사람. 삶에 대한 새로운 관점을 제공해주는 사람. 곱게 녹슬어가는 사람. 가고 싶은 길을 소신 있게 걷는 사람. 그런 내공이 있어야 사진이 잘 찍힌다.

한편으로, 인물 사진은 카메라나 모델이 중요한 것이 아니라 '누가 찍느냐'에 따라 달라진다는 말도 있다. 대상을 바라보는 시선이 그대로 묻어나는 것이다. 침묵할 줄 아는 사람이 침묵을 볼 수 있다. 자기 내면의 힘이 없으면 대상의 내면을 끌어내지 못한다. 인물 사진도 그렇다.

　나아가, 인물 사진을 흑백으로 찍는 일은 내게 숱한 생각
거리를 던져준다.

　그러잖아도 흑백사진은 경계의 사진이니, '경계' 위에 서
있는 사람을 찍는 데 흑백만큼 좋은 표현법도 없는 것 같다.

　경계 위의 인물이란 누구겠는가. 대표적으로 노인 아니겠
는가. 이 세상과 저 세상의 경계를 향해 성큼 다가간 사람들.

　주름지고 거칠고 각진 노인의 얼굴은 흑백에 꽤 어울린다.
삶의 경계가 고스란히 묻어난다. 거기엔 수많은 회색이 있다.

　내 안팎의 회색에 대해서도 돌아본다.

EP. 9

다가가는 설렘

야외 풍경 사진을 찍는 데 있어 가장 중요한 요소는 역시 날씨다. 궂은 날씨에 좋은 사진을 건져내는 것이 진정한 프로겠지만, 기초에 충실해야 하는 나 같은 학생으로서는 역시 날씨가 좋아야 좋은 사진을 건져낼 수 있다.

그래서 인터넷 사이트 가운데 자주 들락거리는 곳이 기상청이다. 기상청 사이트에 들어가면 실시간 시정거리visibility를 확인할 수 있다.

시정거리 20킬로미터가 넘으면 마음이 설레고 바빠진다.

어제의 시정거리보다 오늘이 더 길면, 오늘은 꼭 뭔가를 해야 할 것 같은 숙제를 받아 안은 느낌이다. 카메라를 둘러매고, 가장 가깝게 올라갈 수 있는 응봉산으로 달려간다.

해지기 전후 30분이 '매직아워'다. 고층빌딩에 조명이 하나둘 들어오기 시작하고 자동차의 궤적이 하늘에 남아 있는 푸르스름한 기운과 대비되어 조화를 이루는 황금시간이다. 마음이 더욱 다급해진다. 이 시간이 지나면 야경 촬영으로 이어지는데 10~20초의 장툱 노출 때문에 카메라가 흔들리지 않도록 조심해야 한다.

야산에서 촬영하다 보면 모기들에게 팔다리를 고스란히 내어줘야 한다. 셔터에 집중하느라 모기떼를 쫓아낼 겨를이 없다. 추위와 배고픔도 잠시 잊는다.

사진을 찍는 즐거움은 셔터를 누르는 순간에 있지 않다. 그곳에 다가가는 과정에 있는 것 같다. 내가 원하는 풍경을 머릿속에 그려보는 상상의 기쁨, 그리고 그 풍경이 나타나는 순간을 기다렸다 달려가는 설렘과 들뜸.

삼각대에 릴리스를 지참하고 조심조심 촬영했는데도 오늘 찍은 사진은 전부 휴지통으로 들어갔다. 모두 흔들렸다. 오늘 내 마음이 고스란히 그 흔들림에 담겼다.

그래도 뭔가 기분은 뿌듯하다.

조금은 더 다가갔으니까.

비공식 출판기념회

"누구의 인생이든 겨울은 찾아온다. 그 겨울에 얼어 죽은 사람이 있고, 그 겨울에 스키 타는 사람도 있다."

미국 작가 토니 로빈스가 한 말이라고 한다.

회사를 퇴임하고 제일 먼저 배운 것이 사진이었다. 어릴 적부터 스스로 의지가 박약하다고 생각해 무슨 일이든 시작할 때마다 '나를 재촉해줄 사람'부터 찾았다. 그 분야에 전문적인 식견이 있으면서, 이건 이렇게 저건 저렇게 가르쳐주고, 또 곁에서 간섭하며 확인해줄 사람. 말하자면 감독이자 후견인, 선생님 말이다.

사진 공부에도 그런 '스승'부터 모셨다. 공짜로 배우는 것은 남의 시간과 노력, 재능을 훔치는 것 같아 적잖은 수업료를 들이며 배웠다.

스승을 모시는 것과 함께 내가 갖고 있는 또 하나 배움의 원칙은 '배웠으면 꼬박꼬박 성과를 남겨야 한다'는 것. 그래야 스스로 성취 의욕도 생기고, 계속 도전해나갈 동기부여도 될 것 아닌가. 중간 중간 시험을 보거나, 전시회를 여는 것처럼 말이다.

사진 공부에도 그것을 그대로 옮겼다. 그렇다고 아직 내 주제에 사진 전시회 같은 것을 열 수는 없고, 매년 찍은 사진 가운데 제법 괜찮다고 생각한 것들을 골라 조그만 탁상 다이

어리를 만들었다. 수백 부 인쇄해 가까운 사람들에게 나눠줬다. 연말에 달력 찍어 고객들에게 나눠주는 은행이나 협동조합, 혹은 중국 요릿집이 된 느낌이었지만 어쨌든 뿌듯했다.

그렇게 몇 년간 하다 보니 이제 또 성에 안 찼다. '더 큰' 일을 벌여야겠다!

그래서 그동안 찍은 사진을 모아 글이 함께 어울린 작은 책자를 만들기로 했다. 그동안 글 쓰는 길을 안내해준 스승님께는 '빨간펜' 첨삭을 부탁했고, 사진 공부 스승님께는 "바쁘시겠지만 사진 보정과 책 편집을 좀 맡아주십사" 하고 황송한 부탁을 드렸다.

『사진이 나를 찍었다』라는 145페이지짜리 책자는 그렇게 나오게 되었다. 물론 정식적인 출판사를 거친 책은 아니다. 오로지 내 돈 들여 내가 만든 책. '나만의 성과'를 남겨놓기 위해 만든 책. 5백 부쯤 인쇄해 주위 사람들에게 나눠줬다. 회사에 다닐 적 알던 사람들, 성당 교우들, 스승님과 후배님들, 가족과 친인척, 사진반 친구들…….

반응은 제각각이었다. 대체로 놀라는 기색이었다. "어느 틈에 이런 걸 쓰고 만들었습니까" 하고 신기하다는 표정으로 책을 이리저리 둘러보기도 하고, "회사 다닐 때 연도 보고서 만들던 버릇을 아직도 못 고쳤고만" 하면서 껄껄껄 웃는 옛

직장 동료도 있었다.

일은 자꾸 커졌다. 이번에는 후배들이 출판기념회를 열어 주겠다는 것이다.

정식으로 출판한 것도 아니고, 누구 말대로 '연도 보고서 만들 듯' 나 자신을 고무하고 격려하기 위해 만든 것인데 거창하게 그런 것까지……. 손사래를 쳤다.

그래도 베이징에 오신 김에 겸사겸사 '모이는 자리'가 필요하지 않겠냐고 하여, "그럼 식사나 한번 합시다" 하고 허락했다. 그런데 식당 앞에 떡하니 플래카드까지 걸려있을 줄이야. '사진작가 김동진 출판기념회'

그 이름 앞에 붙어있는 '사진작가'라는 호칭 좀 떼어달라고 사정해도 이미 늦은 일이었다.

아무튼 그렇게 해서 나는 그날 '작가'가 되었고, 그것도 출판기념회까지 여는 작가가 되었고, 작가로서 '독자'들을 만났다. 줄 서 있는 사람들에게 차례대로 사인을 해주는, 텔레비전이나 신문에서나 보던 광경을 연출하게 되었다.

옛 사장과 직원, 사장과 거래처 사장의 관계가 아니라 '저자와 독자' 관계로 만나니 좀 어색했다. 어쨌든 그래도 '나 여

기 이렇게 살아 있소'라고 증명하기 위해 만들었던 책이 나름
대로 의미를 발휘하는구나 싶었다.

많은 질문과 반응의 목소리를 들을 수 있었다. 이거 어째,
출판기념회가 아니라 국회 청문회장이 된 느낌이었다. 사진
은 언제 그렇게 배우셨느냐. 글은 언제 어떻게 쓰느냐. 자기
도 은퇴하면 그렇게 살고 싶다. 게다가 인생의 롤 모델로 삼
고 싶다는 낯간지러운 칭찬까지. 그리고 물론 "책 내는 데 얼
마나 들었냐"는 지극히 '현실적인' 질문 역시 있었다.

"누군가는 겨울에 얼어 죽지만, 그 겨울에 누군가는 스키
를 탑니다."

이 이야기를 그때 꺼냈다. 사실 좀 냉정하게 느껴지는, 자
기계발서에나 등장할 법한 말이지만, '스키를 탄다'는 표현이
썩 나쁘지는 않다. 그 상황을 즐기면서 이겨낸다는 뜻이니까.

"저는 스키를 탈 줄 모르지만 얼어 죽지는 않았습니다. 지
금 이 자리에 계신 여러분도 겨울이 와도 스키 타고 즐기면서
살려고 일하고 있습니다. 저도 그런 마음으로 여러분과 함께
일했습니다. 그런데 저는 아직도 매일 일하고 있습니다. 일하
는 마음으로 공부하고 책 읽고 사진 찍고 글 쓰고 좋은 사람
을 만납니다. 일하는 마음으로 매일 기도하고 묵상하고 사색

합니다. 다만 과거에는 가족이나 회사를 위해 일한다는 생각이 많았지만 지금은 온전히 나 자신을 위해 일합니다. 그것이 예전과 다른 점입니다."

청문회, 아니 출판기념회에 모인 참석자들에게 이렇게 말을 시작했다.

뭐든 설렁설렁 대충대충 하고 싶지 않다는 회사원 시절에 가졌던 버릇은 지금도 계속되는 것 같다.

하지만 분명히 대상은 바뀌었다.

이제는 나 자신에 충실하고 싶은 것이다.

"앞으로 얼마나 살지 모르겠습니다. 그래도 얼마를 산다고 하더라도, 끝까지 일하는 자세로 살려고 합니다. 행복하게 일하는 자세로 말입니다. 기회가 되면 책도 다시 한 번 내려고 합니다. 그때는 정식 출판을 해보고 싶습니다. 한 단계 한 단계 업그레이드 해나가야 하니까요." 일동 웃음.

"요즘 살기 어렵다고 합니다. 내가 봐도 만만치 않습니다. 불행히도 우리 몇 사람이 환경이나 여건을 좋게 변화시킬 수는 없습니다. 그러나 쉽게 바꿀 수 있는 건 우리의 마음과 생각입니다. 사진을 찍을 때 좋은 경치를 앞에 두고 마음이 어지러우면 경치마저 그렇게 보입니다. 반대로 즐겁고 기쁜 마음이면 일상의 모든 것에서 아름다움을 발견할 수 있습니다. 움츠리지 말고, 오그라들지 말고, 당당하게 일하며 살아갑시다. 옆에서 응원하는 마음으로 항상 여러분을 지켜보겠습니다. 그리고 저도 언제나 함께 일하겠습니다. 고맙습니다."

50명 남짓 참석한 기념회였다. 오래전 예고를 했던 것도 아니고, 아직 현직에 있는 것도 아니고, 현업에 영향력을 미칠 수 있는 위치에 있는 것도 결코 아닌데, 이제는 일개 사진사이자 초보 글쟁이가 된 노인의 '비공식' 출판기념회에 예상치 못한 인원이 모여 깜짝 놀랐다. 가슴으로 뭉클함을 느꼈다. 정말 고마웠다. 세상을 완전히 헛되이 산 것은 아니었구나. 찔끔 눈물이 나기도 했다.

앞으로 더 열심히 일해야겠다는 생각이 들었다.

사진 공부, 글공부, 사색과 명상, 다이어리 제작, 소책자 제작, 그리고 출판기념회. 앞으로는 '판'이 어떻게 더 커질까?

스키 타는 재미가 제법 쏠쏠한 겨울이다.

|

한 10년쯤 뒤에

내 나이가 벌써 칠십이 되었구나!

퇴직한지도 5년이 지났다.

'은퇴'라는 말이 싫었다. 은隱에는 '숨다'는 뜻이 담겨있는데, 나는 어딘가로 숨는 것이 아니지 않은가. 그래서 주위 사람들에게 "내 앞에서 은퇴라는 용어를 쓰지도 말라"고 괜한 심술을 부리기도 했는데, 그것도 벌써 5년 전 일이 되었다.

칠십 생일을 앞두고 좋아하는 인생 선배를 찾아가 칠십 대를 잘 사는 방법에 대해 조언을 구했다.

"육십 대, 칠십 대 구분하지 말고, 나이 같은 것은 생각하지 말고, 건강하게 사는 거지 뭐."

그러곤 그냥 웃으신다.

내 나이를 '젊은 노인young old'이라고 정의하는 학자가 있어 헷갈린다. 젊은 노인이라니, '하얀 검정'이란 말로 들린다. 혹은 '따뜻한 추위'로도 들린다. 뭔가 모순이다.

늙어간다는 것은 삶의 궤적이고 자연의 섭리다. 있는 그대로 받아들이고 순응하는 것이 도리 아닐까. 늙음의 실상에 대해 지나치게 부정적으로만 인식하는 것도 좋지 않지만, 그 의도가 빤히 보이도록 화려하게 용기를 북돋는 것도 지나친 일 아닌가 싶다. "그냥 노인은 노인인 거지" 하면서 괜히 또 심술을 부린다.

앞으로 펼쳐질 칠십 대의 하루하루는 내가 자신을 직접 컨트롤할 수 있는 마지막 황금시간이 될 것이라 예상한다. 해보고 싶었던 일, 가보고 싶었던 곳, 만나고 싶었던 사람을 주위 도움 없이 스스로 찾아 나설 수 있는 거의 마지막 시간 아닐까. 그렇게 나에게 남겨진 시간과 열정을 마음껏 활용하고 싶다.

'앞으로 10년'이라고 하니 아득하게 긴 세월 같지만 날日로 환산하면 3,650일로 구체화된다.

이것을 다시 '곶감'의 수로 바꾸어놓으면 더욱 실감이 나고 가치가 새로워진다. 지금 내 앞에 무려 3,650개의 곶감이 걸려 있는 것이다. 하루에 하나씩 빼먹으며 소중하게 살아가리라. 더욱 겸손하게, 배워가면서.

위 글을 쓴 지도 벌써 일 년이 되었다. 그동안 365개의 곶감을 빼먹은 셈이다.

요즘은 단순히 365개, 3,650개라는 수적인 개념이 아니라 그 안에 무슨 일이 숨어있을지 모른다는 질적인 개념으로 관심을 돌리는 중이다. 남아 있는 '숫자'라는 형식이 그리 중요하지는 않은 것 같다.

지금 생각해보니 역시 인생 선배님들이 하신 말씀이 옳다. "죽음은 일정한 삶 이후에 순차적으로 오는 것이 아니라 삶과 함께한다"고 강조하셨었지. 그 의미를 더욱 절실히 새기고 있다.

매일 저녁 기도하면서, 오늘 한 개의 곶감을 빼먹을 수 있었던 것에 감사한다. 그러면서 "죽음은 삶의 대극對極에 있는 것이 아니라 우리의 삶 속에 잠재해 있는 것"이라는 무라카미 하루키의 소설 문구를 떠올린다.

초조하지 말고, 하루하루 느긋하게, 오늘에 진심을 다하면서 살아야겠다.

그러고 보니 무라카미 하루키가 나보다 4살 아래구나. 엄청 젊은 사람이라 생각했는데, 나랑 비슷하게 늙어간다. 누구나, 늙는다.

위 글을 쓴 지도 6년이다. 이제 칠십 대도 절반이 꺾여 팔십을 바라보는 나이가 되었다(이 에필로그를 6년에 걸쳐 쓰고 있다는 말이다).

앞에 썼던 글들을 다시 읽어보니 겨우(!) 칠십이 되어놓고 온갖 호들갑을 다 떨었구나 싶다. 마흔이 되면 사십 대가 되었다고 아우성, 쉰이 되면 오십 대가 되었다고 시무룩, 육십이 되면 벌써 환갑이라고 늙은 척……. 호들갑 속에 일생을 살아간다.

요즘은 뒷모습에 대해 생각한다.

세월이 흘러도 변치 않는 것이 사람의 뒷모습이라고 한다. 뒷모습은 우쭐대거나 잔재주를 부릴 줄 모른다. 앞모습은 잘 꾸며도 '뒤태'까지 신경 쓰는 스타일리스트는 많지 않은데, 사람의 '인생'이라는 것도 뒷모습에 디테일이 드러나지 않을까. 인생의 뒷모습이 깔끔한 사람이 되고 싶다는 생각뿐이다.

요즘엔 부쩍 뭘 자꾸 잊고 잃는다.

삼성역 2번 출구에서 친구와 만나자는 통화를 하고 시간에 맞춰 나갔는데 한참을 기다려도 보이지 않는다. 가만히 출입구 간판을 올려다보니 강남역이다.

이번 달에만 이어폰을 2개 분실했다. 그래서 소지품의 종류를 스마트폰과 지갑으로 대폭 간소화했는데, 그래도 작은 카메라는 매고 나간다. 그냥 허탕치고 돌아올지라도 사진 한

장이라고 건져야겠다는 생각에 카메라는 습관처럼 들고 다닌다. 그런데 혹시 카메라도 어디 두고 오는 날이 생겨나지 않을까. 늘 불안하고 초조해 밖에 나가서도 연신 카메라를 만져보고 껴안는다. 꼭 한번은 잃을 것만 같다.

통계에 따르면 60세 이상은 10명 중 1명, 80세는 3명 중 1명꼴로 치매를 앓는다고 한다. 그런 뉴스를 들을 때마다, 뭘 자꾸 잊고 놓칠 때마다, '나도 혹시……' 하면서 서늘한 느낌이 뒤통수를 스친다. "살아있는 동안 내가 나를 기억할 수 있게만 해주소서!" 하고 하느님께 간절히 기도한다.

이 책은 잊지 않고 기록하기 위해 쓰기 시작했다. 잃어버린 감수성을 되찾고, 며칠을 살더라도 이젠 정말 나답게 살고 싶다는 생각에 썼다.

나뭇잎처럼 쌓여있는 글을 한 편 한 편 뒤적이며 다시 읽다보니 가벼운 웃음이 나온다. 한 10년쯤 뒤에 이 책을 읽으면서 "거참, 겨우 팔십을 바라본 나이에 별 호들갑을 다 떨었고만!" 하면서 스스로 민망할 것 같다.

그래도 좋으니, 나 자신을 한껏 비웃을 수 있는 그날이 오기를.

KI신서 10006

한 번쯤은 나를 위해

1판 1쇄 인쇄 2021년 11월 25일
1판 1쇄 발행 2021년 12월 5일

지은이 김동진
펴낸이 김영곤
펴낸곳 (주)북이십일 21세기북스

TF팀 이사 신승철
TF팀 이종배
출판마케팅영업본부장 민안기
마케팅1팀 배상현 한경화 김신우 이보라
영업팀 김수현 이광호 최명열
제작팀 이영민 권경민
진행 · 교정교열 우승
디자인 강상희 **일러스트** 박지혜

출판등록 2000년 5월 6일 제406-2003-061호
주소 (10881) 경기도 파주시 회동길 201(문발동)
대표전화 031-955-2100 **팩스** 031-955-2151 **이메일** book21@book21.co.kr

(주)북이십일 경계를 허무는 콘텐츠 리더

21세기북스 채널에서 도서 정보와 다양한 영상자료, 이벤트를 만나세요!
페이스북 facebook.com/jiinpill21   포스트 post.naver.com/21c_editors
인스타그램 instagram.com/jiinpill21   홈페이지 www.book21.com
유튜브 youtube.com/book21pub